U0086790

50+好好 001

無子人生

子の無い人生

《敗犬的遠吠》作者
酒井順子——著
陳光棻——著

50+ 好好

出版緣起

人生向晚，依然燦爛

王力行

一九九七年，也就是二十年前，「天下文化」出版《新中年主張》。作者蓋爾‧希伊（Gail Sheehy）師承人類學大師瑪格麗特‧米德（Margaret Mead），擔任過記者、評論員，並被喻為「最優秀的雜誌編輯」。她出版過十七本書，以討論人生變化的：《人生變遷》（*Passages*）、《無聲的變遷》（*The Silent Passage*）和《新中年主張》（*New Passage*），影響美國社會深遠，獲國會圖書館列為十大影響這個時代的書。

希伊長期投入研究人生課題，在寫《新中年主張》時，親訪了數百位年過半百、不同行業的成功退休人士，透過他們的生活歷史拼出的圖像，特別精采和渾實。它點出人生不同階段的風貌：繁華四十、閃耀五十、和諧六十。

書中提出「和諧六十」，是因為作者發現不少年過六十的人，依然可以熱情洋溢、重新整合人生。

這種發現印證了德國心理學家埃里克森（Erick H. Erikson）定義的整合人生：一種充滿意義和秩序的心靈，一種大公無私愛人的能力，和一種接受過往生命歷程的和諧心境。

巧的是，最近網上盛傳一篇文章，是前衛生署長邱文達談「人生第四個二十，是黃金年代」。

他把人生百年分成五個二十年。第一個二十年，求學為主；第二個二十年，事業為主；第三個二十年，最忙碌艱難，家庭、事業、子女、社會都要兼顧。唯有進入第四個二十年（六十歲～八十歲），才是無憂無慮、無牽無掛，擁有金錢、健康和時間，享受人生的黃金時代。

聽到退休這件事，腦中的聯想是解脫？獎勵？還是被放逐？根據研究，愈是事業有成的人愈覺恐懼。美國一位報業傳奇人物的妻子，形容丈夫退休時的情境：「最糟的不是失去頭銜，而是失掉供他指揮的團隊。前一天還和上百位頭腦一流的人交換意見、談國內外大事，第二天一片寂靜，連個電話都沒有。」在美國好萊塢名人中，只有一位算是處理人生變遷較和諧平衡的人，那就是克林・伊斯威特（Clint Eastwood）。

克林不僅在選擇劇本角色中，讓自己從充滿活力的西部牛仔，漸漸演到內心脆弱的真實老者，改寫了昔日的男性神話。他晚年還當過加州卡梅爾鎮長，投入公共事務。

老年生活怎麼過，取決於自己

當人生跨入向晚時分，不少人心智總在「蒼老」和「依舊年輕」中徘徊。這個時候的選擇將擁有更大的自由和自主。

在美國，已看到不少非營利組織，提供退休銀髮族邁向更完美人生的服務。美國退休協會ＡＡＲＰ（America Association of Retired Persons）就是一個典範，加入了這個協會，要旅行時，只要上網，很快就能解決機票、旅館、行程，甚至上遊輪的問題。

遇到報稅期，也可以上網去查如何節稅；個人理財、折扣購物、合宜置產、醫療諮詢⋯。協會也和各商家如甜甜圈Dunkin' Donuts、玩具反斗城、電影院等聯名，提供「銀髮折扣」。

當然還有各式各樣的學習課程，甚至參與公共事務討論。會友願意擔任義工、重新創業，都可以在這裡找到協助。付很少會費，每個月還可以收到精美會刊，分享這些黃金歲月同伴的精采經驗。

不少會友說：「我感激這樣的服務，我覺得真的有人在我年老時照顧我！」

台灣人口快速老化中，預計二〇二五年時，每五位成年人中，就有一位老人。生醫科技的發展，目前平均餘命已超過八十歲。退休以後的時間，應是人生另一個無憂自在的黃金時代。

「天下文化」正在為這個世代的讀者，出版一系列50+書籍，開啟他們向晚燦爛、獨立智慧的旅程。

無子人生

目次

序

獨處不寂寞，作伴不相羈

蘭萱

「拿了大紅包，長大以後要養我們喔！」

小謙謙原本臉上掛著開心滿足的大大笑容，正在專心練習數鈔票，突然間停下動作抬起頭，看著環繞四周對他疼愛不已的大人們。

「嗯⋯」他小小聲地說：「那我來算算⋯」

伸出小小雙手，他開始認真地折起指頭，「我要養爸爸媽媽外公外婆舅舅舅媽還有萱阿姨⋯」一隻手不夠算，另一手也派上用場。

「就是啊！七個耶！白馬王子和七老人喔，哈哈哈！」

雖然全家著實愛看平日調皮機靈卻生性良善的小外甥，如何把天人交戰的表情活生生寫在臉上，但玩笑真的歸玩笑。光看他小小腦袋瓜認真思考的模樣，我們都清楚知道，沒道理要家族裡唯一的第三代，長大後揹上這麼沉重的負擔。

我們家三個孩子的婚姻狀態，恰巧是社會多樣的綜合縮影。哥哥是「頂客族」，結婚無子，我是「單身族」，未婚無子，妹妹是典型小家庭，三人成組。出自媒體人的社會關切和家人相處的近身體會，這些多元形態的同與異，常在我腦中盤旋。

無論已婚或未婚無子，不確定是國情不同，還是個人交友圈關係，十三年前以《敗犬的遠吠》掀起未婚不婚話題的酒井女士，在新書《無子人生》進一步談及有子、無子者自成世界，偶有交流則常出現尷尬排擠甚至歧視的困擾，現實生活中的我卻很少碰到。

我的已婚好友，常有渴望自由設法單飛的時候，而無子的我們，也會自我調節情緒，面對親友親子互動的幸福與煩惱，多樂於同享傾聽，偶爾出出主意。如果日本政治和公眾人物有意識地常把育兒經掛在嘴邊，自認高人一等或政治正確的社會氛圍也籠罩台灣，蔡英文和洪秀柱恐怕就沒得好混了。

只是，當我們走著走著，走過活躍的青壯年，逐漸望見不再那麼遙遠的人生盡頭。就像季節裡的秋收將近，不管樹長得好不好，果實結得多或少，都到了得誠實點收、坦然面對另一個更嚴峻的「無子效應」，養老和臨終問題，思考如何安然過冬的時候。

要說完全沒有惶然不安的心情，那是騙人的。我們兄妹和小外甥之間的玩笑話，其實就是一種自然的心理反映。每個無子者必定會有程度不同的憂慮，有病痛的朋友，開始擔心起某一天或許面臨「孤獨死（病）、無人問」的悲涼；喜歡未雨綢繆的朋友，也有憂心臨終後事乏人處理的恐慌。

但能提前設想總是好的。幾個單身好友相約買地移居鄉間，姊妹兄弟說好同住某某養生村，住院時麻吉老友輪流排班探視。前些日子一個好友告訴我，她已經把保險單上的受益人從父兄改為朋友。家家有本難念的經，自己的後事委由好友張羅處理，讓她更放心自在。甚至也有已婚有子好友，積極儲備夫妻倆的養老金，她說得妙，以前是「養兒防老」，現在是「養老防兒（不孝）」。

這其實是四、五、六年級生，以三十年為一世代的我們，很奇妙且堅毅的特質。「我們很可能是孝順父母的最後一代，也是沒有子女奉養的第一代」，許多人開始有這樣的認知。只要行有餘力、預作準備，鮮少有人真的忍心或放心，把期待中自主尊嚴的安養臨終晚年，通通丟給少子的下一代，他們還有自己世代的困頓和幸福得去克服和追求啊！

「大人的友誼」，成為個人理財和社會長照之外，一股重要的網絡支撐力量。「同輩相偕、一起老去」，像是面對高齡化與少子化兩股社會人口激流匯聚碰撞，四、五、六年級生的新「世代宣言」。

獨處不寂寞，作伴不相羈，我想像秋來冬近的人生，最好是一種透著微光的淡金歲月。我們都顫顫巍巍踏著每一步走到如今光景，成為現在的自己。有子無子不該成為告別人生前的最後羈絆。

（本文作者為資深媒體人）

前言

《敗犬的遠吠》(負け犬の遠吠え，麥田)一書出版之後，我收到了各式各樣的迴響。其中有一個問題意外的多，那就是：「我結婚了，但沒有小孩，那我算敗犬嗎？」

我在《敗犬的遠吠》中，把「未婚、無子、三十歲以上」的人定義成敗犬，所以自然覺得不管有沒有小孩，只要結婚了，當然就是勝犬啊！不過現在的我終於明白，這些結了婚卻沒小孩的人，對於無子的狀況，是抱著多大的「落敗感」。

我當時以為，只要結了婚，人們大概就會覺得人生的功課都做完了。但真相似乎不然，已婚的人接著面臨的壓力就是「還沒生小孩嗎？」生了第一個，又會有人追問：「什麼時候生第二胎？」似乎要在有了兩個小孩之後，婚姻才算是完整。

這種壓力，肯定讓已婚的人很厭煩吧！但換個角度想，若沒有這種外在的壓力，日本的出生率不知道要滑落到哪個谷底，就覺得這種「關心」，對國家或許意想不到的重要。

在日本，一般都認為小孩是婚姻關係中的男女所生，所以像我這樣的純單身者，常被問到「怎麼不結婚？」不太會被關心「怎麼不生小孩？」在快要逼近四十歲大關，再不生就沒機會的時候，雖然有人會說「只生小孩好像也不錯」，但聽得出來，那多半帶著開玩笑的口吻。

相對的，結了婚卻沒小孩的人，卻一天到晚被外人用充滿善意的表情、「我很看好你」的眼光，追問著「有小孩了嗎？」或許在擁有完整婚姻——也就是結了婚並育有兩個小孩的人眼裡，「已婚無子」的狀態比純單身還不自然。

現在回想起來，已婚無子者在問我「那我是敗犬嗎？」的時候，眼神中的確流露出滿滿的痛苦，似乎渴望著我回答她們，「雖然已婚，但你也是敗犬一族喔！讓我們相親相愛吧！」她們在「勝犬」，也就是已婚者的族群裡，因為「已婚卻無子」，被視為局外人。雖然和她們一起聚會，但不能參與媽媽經的討論，當然也沒有媽媽圈的朋友。再轉身看看被稱為「敗犬」的另一群人，也就是純單身者們，反倒能以一種坦然自在的姿態成群結黨、和樂融融，應該很難不顧影自憐，心想究竟何處才是我的容身之處……。

但我當時心想：「妳都已經結婚，是勝犬了。沒小孩算什麼，我們可是連婚都結不了！」毅然決然和她們劃清界線。唉！如果這個狀況發生在現在，我至少會跟她們說：「很難受的話，要不要加入我們敗犬的行列？到我們這邊來也行喔！」

四十歲之後，我終於明白了一件事。那就是比起「有沒有結婚」，「有沒有小孩」這個因素，更深深牽動了女人的人生方向。我有很多離了婚重新恢復單身的朋友，但有沒有小孩，心境是大不相同。若要用勝犬、敗犬來分類的話，有小孩的單身者更適合勝犬的一方，而無子單身者則是與敗犬一族緊緊相擁了。

已婚無子，也就是問我「那我這樣算是敗犬嗎？」的人，加入敗犬一族，心情肯定比較輕鬆。因為不需要為小孩做便當、接送小孩上足球課，而無法參與教養話題的人，和敗犬相處更能怡然自得，這一點無庸置疑。

等到再老一點，另一半都先走了的時候，這個差別只會愈來愈明顯。因為有沒有孩子比有沒有丈夫，更左右了「死期將近」女性的生活。

婚姻並非堅如磐石，有可能會離婚，另一半先死的可能性也很高。不過一旦生了孩子，無論親子關係再差，這個連結一生都切不斷。大多數時候，孩子會活得比父母久，所以對母親而言，孩子才是必須相處一輩子的對象。

我切身感受到這個道理，正是家母過世之時。家父早已過世，當時是由家母、兄嫂和我一起為他送終。而家母過世時，則輪到兄嫂和我一起為她送終。

所謂的「送終」，並不只是見證了死亡的瞬間而已。因為人不是咕咚一聲就死了，一個人在死之前，身體狀況會經歷一段時間的好壞起伏，有些人甚至需要長期的照護。這整個過程都是送終，而最高潮就是「死亡」來臨的瞬間。

但若認為在死亡那一刻，送終的工作就結束了，卻也不然。守靈、告別式再加上做七，還有整理遺物與住家、繼承相關事宜等，一個人死亡之後必須處理的事多如牛毛，而妥善處理這些事，就是孩子的任務。

家中第二位長輩，也就是家母過世之後，在處理後事的同時，我不禁思忖：「那我死的時候，誰來做這些事呢？」我膝下無子，按理來說應該會由哥哥的孩子，也就是我的姪女來肩負重任。但我不禁覺得，被迫處理父母以外的長輩後事，是何等可憐啊！

人無法一個人活著，也無法一個人死去。我年輕時，家母曾經對我說：「不結婚沒關係，至少生個孩子也好。」或許這句話背後就隱含著「人無法一個人死去，至少生個孩子替妳送終」的意思。

當然，人並不是因為希望死的時候有人送終，所以才生小孩。孩子，是男女相遇、相愛的結晶，生養小孩的本身，意義非凡。

但父母臨終之際，我確確實實的明白了，孩子是為了父母死去時而存在。人類這種生物，不是死了就算了，還必須要火化、要入殮安靈、要祭拜。身為孩子最後且最重要的一項工作，就是讓父母好好的走，妥善處理遺體。

所以，我還是忍不住要想：「那我呢？」發現了小孩最重大的任務固然好，但我已經四十好幾了，早已過了適合生育的年齡。雖然也有人認為那可不一定，再加點油還是有希望的，畢竟有人年過五十才生。但勉強到這種程度，只為了確保有人妥善處理自己的遺體，未免也太有欠思慮了。

我曾經在報紙上看過一則報導，主旨是被迫照料未婚手足的負擔。內容在說，自己或配偶若有單身無子的手足，他們老後的照護責任，就會落在自己或自己的孩子身上，成為很大的負擔。而這正是我們家的寫照，姪女現在還很小，懵懵懂懂的，但等她稍微懂事一點，一定會覺得「唉！父母就算了，為什麼連姑姑的後事都要我來處理？」

因此關於「無子人生」，我開始有了很多想法。目前在日本，終生未婚率男性約為兩成、女性約為一成。所謂「終生未婚率」指的是，五十歲時從未結過婚者的比例。也就是說，連政府都認為，人過了五十應該就不會結婚了。

先撇開這個不談，在非婚生子女極少的日本，終生未婚率幾乎可以直接解讀成「無子率」；加上已婚者中也有人沒生小孩，所以無子率的數字還要再往上加。也就是說，「無子族」的比例絕對不低。

雖然目前「終生未產率」並不是政府統計項目，但或許在未來，「終生未產率」會取代「終生未婚率」，變成一個重要的數據。一輩子連一胎都沒生過的女性比例，恐怕相當高吧！

男性的生殖機能，據說可以持續到相當高齡，年過七十還當上爸爸的驚人絕技也不少見，所以一輩子從未當過父親者的比例雖然難以統計，但我想應該也不容小覷吧！

無子族大量出現，同時意味著將來會出現大量沒有小孩的高齡族群。我這輩子看來是不會生小孩了，勢必成為無子高齡族群的一員。在無子老人時代即將來臨的此刻，我想要在接下來的時間裡，好好思索該如何解讀與經歷無子的人生。

賀年卡

這是我去參加某個家庭派對時發生的事。雖然我明知去參加的人以主婦居多，我一定會變成插不上話的弱勢族群，但想想這也算是一種人生的修煉，所以還是逞著匹夫之勇，從容赴義了。

不出所料，家庭主婦們一抵達後就給女主人送上伴手禮，有親手插的花，還有媲美專業水準的自製麵包。我不但見識到了當「女力」提升到一個境界，就會發展為「手作力」，同時也明白了，這就是只能花錢買伴手禮的我，和主婦之間深不可測的差距。

由於是個攜家帶眷的派對，所以最後孩子們、男人們和女人們，就自然而然地各據一方、暢談嬉鬧。我雖然試圖加入媽媽們的談話，但總覺得不太自在。該怎麼說呢？有一種好像在男扮女裝的心情。

恰巧我就坐在男子組與女子組的交界，當我試著轉換方向，加入男子組的話題時，雖然也還稱不上可以輕鬆自在的搭話，但至少不用太裝腔作勢。

過了一陣子後，突然聽到隔壁太太們的對話。這群太太的孩子多半是中小學生，她們正聊到有關賀年卡的話題。

「我們家的賀年卡會做兩種版本，一種有放孩子的照片，另一種沒有。」

「我也是。要寄給沒小孩的人，就會用沒有照片的。」

「我們家也是這麼做，但曾經被沒有小孩的朋友發現，其實有另外一個放照片的版本，搞得很是尷尬⋯⋯」

我豎起耳朵聽了好一會兒。這才發現，原來在某些有小孩的家庭裡，製作兩個版本的賀年卡儼然已是某種常識，也是「身為主婦理所當然的貼心」。這讓我回想起以前收到賀年卡時，的確曾經覺得，「這個人家裡明明有小小孩，但賀年卡上卻沒有照片，真是難得。也太低調了吧！」該不會我接到的就是「無子族專用賀年卡」吧？

膝下無子的我，當然不覺得這是什麼貼心的行為，因為這位曾經被抓包的太太，心裡明明就覺得沒小孩的人是一群可憐人。她們內心的潛台詞無非是，「我們擁有這世上最美好的珍寶——小孩，但世界上卻有一群和我們不一樣的、不幸的人，所以，我不可以故意在他們面前炫耀我的寶貝，如果寄給他們的賀年卡上沒有放孩子的照片，他們就不會受傷了吧？」

在參與男子組話題的同時，我對於背後「兩種版本賀年卡」的熱烈討論，自然是有些不爽，但當我仔細思考原因時，卻發現這個不爽並非針對她們做了兩種賀年卡這件事本身。

我雖是無子族，但最喜歡收到印有朋友全家福照片的賀年卡了。一邊欣賞照片一邊驚嘆「長好大了！」或是「哇！這女兒好像爸爸，真可憐！」很是開心。

不過，這世上一定也有人覺得，大過年還被迫要看別人家的孩子，實在開心不起來；還有些人是明明很想要小孩，卻因種種原因無法如願，心裡是非常遺憾的，所以才會有賢慧的主婦，準備了兩種版本的賀年卡。

既然做兩種賀年卡這個行為本身並沒有錯，那我為什麼不爽呢？我想是因為她們在我這個無子族旁邊談論的這個行為吧！

有小孩的太太們覺得無子族很可憐，甚至可以說是「看不起」，這樣的心態我不是不理解。畢竟，無論在哪一方面，所謂的既得利益者就是會可憐、瞧不起「沒有的人」，我也沒打算抗議這就是在歧視無子族。

但是，只在完全封閉的場合談論這種心情，是成熟大人應該具備的禮貌。這就好像和剛被裁員的人在一起時，若還說：

「現在這個年代，沒有固定工作的人，怎麼還能一副若無其事的樣子啊～我真的深深覺得，自己是公務員真好。」

「我們公司今年營收和利潤都增加喔～分紅獎金也加碼了，來換個電腦好了…」

這麼做實在有點缺乏同理心吧！無論慶幸自己是公務員，或想用獎金犒賞自己，都是最真實的心情，但這種話就留到被裁員的人不在場時再說就好。又不是非得在被裁員的人面前，才能深深體會自己身為公務員或是獎金加碼的幸福。在歧視的對象面前絕不流露出瞧不起人的態度，不是這個世界弭平歧視的第一步嗎？

這並不代表，我希望有孩子的人，在無子族的面前就絕口不談小孩的事。「有小孩」是極其自然的事，聊天聊到也完全沒問題，但在無子族的旁邊說：「我很可憐那些沒孩子的人。」是不是就有點超過了？

不過，不爽的同時，我也有點佩服她們的氣魄，因為在身旁有無子族，而且那個無子族還是我的狀況下，這些人竟然還能聊這個話題！或許就是要有這麼豪邁的心情，才能勝任育兒大任吧！

此外，我真心覺得不用做兩個版本的賀年卡，全部都用有小孩照片的就好。這不單純是因為我個人的喜好，而是我認為為了讓世人知道有小孩者的心情，放上小孩照片的賀年卡就不可或缺。

有小孩的人，都覺得自己的小孩特別可愛。就算客觀上看起來極為普通的小孩，在父母眼裏都是可以成為偶像的明日之星；只要是為了孩子的幸福，父母可以不惜任何代價。所以，凡是父母都會想把自己的孩子放上賀年卡，向眾人展示。

古人用「心底的黑暗」來形容天下父母心，真是一語中的。《源氏物語》裡也有多處出現這個說法，而這些都是來自《後撰和歌集[1]》裡藤原兼輔的詩：「為人父母的，內心並非糊塗得一片黑暗。但若是想到自己的孩子，都會茫茫然地迷失了方向。」意思是，無論再怎麼能明辨是非的父母，都可能為了孩子失去理性。所以在平安時代，一說到「心底的黑暗」，就等同是「天下父母心」。

放上小孩照片的賀年卡，反映了家族繁榮的景況，可喜可賀。同時，也流露出天下父母心：「我們家的孩子，怎麼那麼可愛！」

我覺得有小孩的人，就應該讓無子族看到，身為一個人順其自然地結婚、生子、育兒，會變成這個樣子。或許有些人一點都不想看到別人的小孩，但最好還是要讓他們明白一個現實，那就是「這世上大半的父母，都是這個樣子的」。

1　西元九五一年由日本村上天皇下令編纂的和歌集，也是第二本敕撰和歌集。

我覺得身為無子族，就算再不想看別人的孩子，收到附上照片的賀年卡，都遠比收到專為沒有小孩的人準備的無照片版本，或是父母自以為貼心商量了半天，覺得自己的孩子與收件者還算親密而選用的有照片版本，都更能確實接收到這個社會的現實，也更是一種學習。

孩子，是唯一在賀年卡上無論再怎麼炫耀，都可以被原諒的對象。最近有些人會在賀年卡上刻意展示自己剛蓋好的豪宅或是事業有多旺，不禁讓人覺得「這個人有什麼問題？」但如果是小孩，就能光明正大地炫耀。所以，有小孩的人若能跨越自己心中的黑暗，更用力炫耀，不必顧慮到無子族，讓看到的人覺得「雖然有點不爽，但生個孩子好像也不錯耶！」或許能替少子化問題做出貢獻。各位覺得呢？

至於我，仔細想想，我這輩子從來沒有做過有照片的賀年卡。小時候社會上還沒有這樣的風氣，長大後沒有孩子，也沒什麼特別想用照片來展示的東西。

但我認識一個無子族強人，每年都會把自己的照片放在賀年卡上。她不是明星，樣貌也沒有特別出眾，邁入中年許久，但每年還是會把自己去旅行的照片，而且是極近距離的獨照，做成賀年卡。

每年我收到她的賀年卡時，心裡都滿是疑惑，我記得沒錯的話，這趟去聖多那（Sedona）的旅行，應該是她自己一個人去的，這張照片該不會是她自拍的吧？

就算我再怎麼仔細端詳，這張自拍的賀年卡，也沒有一絲絲自我嘲諷、想要逗大家開心的樣子，反而流露出滿滿的自我陶醉。我不禁覺得，這或許也是另一種心底的黑暗吧！

生了孩子，天下父母都會鬼迷心竅；而沒有孩子，無處可去的愛，卻也容易恣意橫行，撞成了自戀。賀年卡讓我充分體會到，人無論站在哪一個立場，心底大概都藏著黑暗吧！

順道一提，我每年做的賀年卡上，就只有文字和該年生肖的圖樣，一點都不討喜，但這是因為我在武裝自己。如果我有小孩的話……千萬不要懷疑，我可不會手下留情，一定會準時奉上有照片的賀年卡的。

討厭小孩

小時候，我實在不理解「喜歡小孩的小孩」是怎麼一回事。每次聽到朋友說：「我最～喜歡小孩了！」心裡都會不禁嘀咕，你自己明明也還是小孩啊！

這種小孩，換句話說就是「喜歡比自己小的小孩」。問她們將來的志願是什麼，好像都是回答「幼稚園老師」或「褓母（當時還沒有「教保員」的說法）」之類的。

到了這把年紀，我明白了一件事，那就是這世上的人分成兩種：「擅長與比自己年長的人相處」，以及「擅長與比自己年幼的人相處」。換言之，從小就喜歡小孩的人，就是屬於後者。的確，她們在班上要不就是大姊頭，要不就是媽媽性格的人。即使在同齡的團體當中，也會刻意扮演年長的角色，主動肩負起照顧年幼者的任務。

我則是擅長與比自己年紀大的人相處。說得可愛一點，就是愛撒嬌；講得難聽一點，就是過度依賴別人的自戀狂。或許因為我是老么，在家族當中總是最小的那一個，所以完全不知道該怎麼和比自己小的人相處。

小時候就喜歡小孩的人，長大後通常還是喜歡小孩，大概在高中時代就會說：「我以後最少要生三個。」每次聽到這種話，我都忍不住在心中翻好幾個白眼，高中生的年紀明明是人生的黃金時期，正要享受接下來美好的青春，「生三個」是什麼跟什麼啦！

在我的成長過程中，害怕與小孩相處的感覺一直沒有改變，等到朋友們都陸續生了小孩之後，更是突然陷入了困境。因為，我不知道怎麼對待朋友生的小孩。

在他們還是嬰兒的時候，只要仔細端詳、觸摸身體的各個部位，或是重複說著：「好可愛唷！」大概就能蒙混過關。但等到他們開始聽得懂人話之後，我這個人「與小孩相處的技巧」付之闕如的狀況，自然就破綻百出了。

另一方面，從小就言明自己喜歡小孩的人，就算孩子是別人的，一樣能處得很好。當這種人哄小孩或和他們玩的時候，小孩也開心得不得了。

說到我呢？雖然能試的全都試了，但就是彆扭得要命。只要一和小孩相處就緊張兮兮，老是擔心別人知道我其實不喜歡孩子，但又希望別人認為自己是個好人，所以只好硬著頭皮拚命表現。不用說，我一定早就原形畢露，說不定還有人覺得「哎喲！怎麼這麼拚命啊！」

目前，政府為了因應少子化問題，採取了很多對策，據說其中之一就是讓高中生接觸嬰兒，激發她們的母性本能，並告訴她們：「小孩是很可愛的喔！」我在朋友生孩子之前，從未接觸過嬰兒這種生物，如果有人把嬰兒擺到我面前，我的確會不知如何是好。因為有過這樣的心情，所以覺得這個做法也挺有道理的。

還有一件很令我驚訝的事就是，這種宣稱「喜歡小孩」的好人，喜歡的好像是所有叫做小孩的生物。不管孩子討不討人喜歡、長得可不可愛，都能一視同仁地愛他們。

相較之下，我只會覺得「可愛的孩子」可愛。換言之，我愛那些不管外貌或態度都討喜、會自己主動來撒嬌的孩子。若不是這樣的孩子，我就會和他們保持距離。

我從二十五歲到三十五歲左右，和一些過去交情不錯的朋友們慢慢疏遠了。其中一個原因就是朋友們忙著照顧小孩，和我的作息時間大不相同，已經沒辦法像以前同為無子族時一樣，輕易地見到面了。此外，剛生完孩子的媽媽，當然滿腦子都是孩子的事，而我滿腦子都是自己和工作，雙方自然而然變得話不投機。

若還有一個什麼原因讓我們變得疏遠，我想肯定是我討厭小孩的個性吧！如果我喜歡小孩，去朋友家時會陪小孩玩，應該更能增進彼此的友情。但我還是覺得在大人的世界裡聊大人的話題，開心多了。

不過，命運總愛捉弄人，從來都不是喜歡小孩就生、不喜歡就不生這麼簡單。像我這種討厭小孩也沒生小孩的人，相較之下還是比較幸福的類型。朋友當中甚至有人是不知不覺的就結婚、懷孕、生子，但生完小孩後才明白，自己並沒有那麼喜歡小孩。

還有人說：「自己的小孩嘛！勉強算是可愛，但朋友的孩子之類的，一點都不覺得可愛。所以，孩子的朋友來家裡玩的時候，可痛苦死了。偏偏這些話又不能跟媽媽圈的朋友說……」

相反的，也有人明明很愛孩子，卻生不出來。在日本，一般來說都是結婚之後才生小孩，但再怎麼喜歡小孩，也不代表就能成功挺進「結婚」這個重大階段。

在聯誼之類的場合，的確有一種人會一再說：「我超喜歡小孩的～」並不斷展現自己有多愛小孩。也有一些男人認為這樣的女性個性一定很體貼。但是，強調自己喜歡小孩這招能奏效的期限，也只到二十五歲而已。年過三十的女人，若還不斷強調自己很愛小孩，就很容易給男性一種瘋狂想要小孩，也就是「交往不久就會說要結婚、壓力很大」的印象。

如今，當女性覺得再癡癡等著結婚對象出現，就會生不了小孩時，可以選擇凍卵。或者，當結婚對象遲遲不出現而著急，決定就算不結婚也要生個孩子時，也可以心一橫選擇當未婚媽媽。當大家愈來愈不執著「想生小孩，就得先突破結婚這個關卡」的觀念，我認為日本的少子化問題，或許會有些許改善的空間。

因為這樣，基本上不是那麼喜歡小孩的我，到了快四十歲的時候，竟然有一段時期，也覺得過去總是讓我怒火攻心的小人兒，突然可愛了起來。

或許這一切都是始於姪女剛好出生。她嘛！也就是個一般般的小孩，但畢竟是自己的姪女，還是覺得挺可愛的。而另一個可能的原因，就是「年齡」。

四十歲前後，對女性來說，是可能懷孕、生產的最後時限，也是下腹部差不多要響起「驪歌」的年齡。

或許有人會說：「不不！那個誰誰四十八歲時生了孩子，所以還早啦！」「我有認識五十幾歲才生小孩的人」，但這種高齡產婦，往往都具備了「無論如何一定要孩子」的強烈意志，並傾注所有努力與財力才成就這件事。我本來就沒那麼喜歡小孩，當然不可能為了懷孕拚命到那種程度。

於是，我在岸邊揮著手，目送「生產船」伴著「驪歌」一同航向遠方，從中殘存下來最後一絲絲疑似母性的情緒，竟讓我覺得「小孩真可愛」。正因為如此，我連那些長相普通、吵得要死、髒得要命的小孩，都覺得「還蠻可愛的嘛！」（雖然也不是全部）。看到孩子們天真無邪的表情時，甚至覺得鼻頭酸酸的……。

不過，再過些時日，我對小孩的感覺又回到了原點。「生產船」已經消失在地平線的另一端，覺得小孩「好可愛」鼻頭酸酸的感覺，也消失得無影無蹤。現在，我對小孩的基本態度，是儘量保持和顏悅色，以免被那些媽媽們說成是：「在電車上或街上，對帶著小孩的媽媽最冷漠的，就是那些沒有孩子的女人！」但其實我心裡還是覺得，不可愛的小孩就是不可愛啊～。

至於今後，我對小孩的感覺或許還會有變化！觀察電車或公車上的老奶奶，總是看到小小孩就笑容滿面地上前逗弄，說不定等我年紀更大一些，也能用那樣的態度對待小孩了。

只不過，現在的那些老奶奶們，幾乎都結婚有小孩，或許都有孫子了。

換言之，她們是「老奶奶」，也是「真奶奶」。

但當我到了那個年紀時，就會出現大量沒有生產經驗的高齡女性，也就是會出現很多不是「真奶奶」的「老奶奶」。說到高齡女性，一般的印象都是慈祥和藹，不過等我們這一代變成老奶奶的時候，或許這個形象已經不再。

變成了老奶奶還是不喜歡小孩？還是到了沒人比自己更老的年紀之後，自然就會開始習慣和比自己小的人相處呢？

唉！反正就算老了還是討厭小孩，也只是理所當然地變成一個「壞心老奶奶」而已嘛……我一邊這麼想，一邊又把多年前看過的長谷川町子寫的《壞心的老奶奶[2]》（いじわるばあさん）拿起來看，原來壞心老奶奶生了三個兒子啊！當然也是個兒孫滿堂的幸福之人。

---

2 長谷川町子（一九二〇～一九九二），日本第一位女性專業漫畫家。《壞心的老奶奶》是她於一九六六年至一九七一年間，在《SUNDAY每日》週刊上連載的四格漫畫。

不，或許正因為她有小孩，所以《壞心的老奶奶》這部漫畫才得以成立。換言之，她是「壞心的真奶奶」，而不是「壞心的老奶奶」。如果是個沒結過婚、無子無孫的老奶奶，個性又差到不行，那就只是個「可憐的老太婆」而已。從現在開始，我也得好好警惕自己才行。

育兒右派

一位擔任ＮＨＫ經營委員的女性大學教授發表意見指出，「還是女主內、男主外的分工較為合理」，引發了各界的議論。她本人有過生養小孩的經驗，似乎是因為深感兼顧工作與育兒的辛苦，所以才歸結出這樣的意見。

至今為止，整體社會趨勢已經從女性要非常辛苦的同時兼顧工作與育兒，明顯地進化到要設法建立讓女性更容易兼顧兩者的環境與制度。因為，職業婦女一旦生產之後，除了工作負擔不變外，育兒的責任也全都落在女性身上，若非有驚人的毅力與體力，或是財力雄厚再加上娘家的後援，想要兼顧兩者，簡直就是天方夜譚，因此有許多女性一生完孩子後就辭去工作。所以各界更期待能增設更多托兒所、改善社會制度，打造出一個對育兒中女性及男性，都更友善的環境。

就在社會共識好不容易朝這個方向凝聚時，這位女性大學教授「女性應專心在家育兒」的意見，就格外引人注目。猶記得作家曾野綾子[3]女士，也曾經提出「生了孩子就辭了（工作）吧！」的論調，她認為：「女性在孩子出生後就應該暫時離職，花幾年時間專心育兒，只要確保孩子長大後能順利復職的管道即可。」關於產假制度，她也說：「從公司角度來看，無疑是麻煩透頂的制度。」

近來，整體社會右傾的現象愈發顯著。聽到這些意見，就不禁覺得連生兒育女的世界，也愈來愈向右派靠攏了。所謂的「右派」，就是想要維持保守體制的人。而女性若是所謂「生產機器」的話（**相信各位都已經忘記「生產機器」是誰說的了，這是二〇〇七年第一次安倍內閣厚生勞動大臣柳澤伯夫說的**），那身處社會右側的機器當然會覺得，「為了國家，還有個人家庭未來永久的繁榮，我一定得生孩子。我個人的自我實現不值一顧，為了維持體制，我要專心育兒。」

相對的，身處左側的機器，則是愛自己遠勝過體制，總是以自己想做的事為優先，結果生產的機會就不斷地往後推遲，很多時候一回過神來才突然發現，「啊！這個機器已經不能用了耶！」

第二次世界大戰後的第一次嬰兒潮，日本的出生率超過了百分之四，後來雖然一路下滑，但一九七〇年代前半第二次嬰兒潮時，還有百分之二．一六。而持續下降的出生率，在二〇〇五年時，已經降到史上最低的百分之一．二六。

雖說近來出生率有微幅增加，但與歐美先進國家相比仍屬低迷，二〇一二年為百分之一．四一，是十六年來首度超過百分之一．四。二〇一四年又在上升九年後轉為下滑，不過整體來說仍屬微增趨勢。

微增的原因來自許多方面。政府既已推動各式各樣的政策力抗少子化問題，若沒半點成效也說不過去。而且，自從出生率一．二六這個數字公開之

3　曾野綾子，日本知名戰後派女作家，一九三一年出生於東京，曾獲日本芥川賞提名。《戀上今生》、《中年以後》、《晚年的美學》等多本著作都被翻譯成中文出版。

後，小孩的稀少價值反而出現，轉眼從「麻煩人物」變成了「稀有的珍貴物品」。

與「女性是生產機器」同樣令人難以贊同的是，世間出現了「小孩是最佳裝飾品」的價值觀，藝人明星把她們時尚又愉快的育兒模樣上傳到部落格，還廣受歡迎。也出現了大量活躍在螢光幕前的「明星媽媽」，她們在生了小孩後仍舊維持著可愛形象。

或許就是從那個時候開始，育兒右派的思想開始愈來愈強烈。即使政府推出各式各樣的政策，想解決少子化的問題，但在雙薪夫妻的家庭裡，一旦小孩出生，育兒的重任仍舊一面倒地落在了女性身上。

如今，已經開始從年輕人的口中聽到，「希望不必勉強工作，只想在家相夫教子就好」、「對女性而言，最重要的任務還是把所有的愛投注在家庭當中」之類的意見。當年輕女性看到前輩明明因工作、育兒、家事三頭燒而疲憊不堪，先生還以她們總是披頭散髮、手忙腳亂，絲毫感受不到一點女人味為由而外遇、離婚，因而心力交瘁的樣子，當然會說：「我不想變成那樣～」

育兒右派的思想，不僅限於年輕女性而已，「幸運的家庭主婦」有時候也是育兒右派的一員，而且不分年齡。

現今的家庭主婦可說是一種特權，若非有個工作穩定、收入夠高的丈夫，是很難坐上這個位子的。但這些所謂的家庭主婦，很多時候並不了解自己得天獨厚的際遇，所以經常如瑪麗皇后（Marie Antoinette）一般，說出不知民間疾苦的話：「身邊沒有媽媽一直陪伴的小孩，好可憐喔！」

她們並不理解，有些家庭太太不工作的話就沒飯吃；也不明白有些女性真心喜歡在社會上工作。我認識的一位幸運主婦，對於有些家庭沒有雙薪就無法支撐家計，竟然說：「錯就錯在公司竟然付給女性和男性相同水準的薪資。如果把女性的薪水減少，把男性的薪水多提高一些，就算不是雙薪也能養家才對。如此一來，女性不就能專心在家相夫教子嗎？」

這位女性友人並非什麼驚世駭俗之輩，她知情達理、溫和善良。但我這個站在育兒左派立場的人，從女性口中聽到要把女人的薪水減少，加給男人這種話，還是受到不小的衝擊。

此外，也有家庭主婦會說：「我兒子和職業女性結婚，結果被迫得分擔家事，真是可憐。」「對啊！我將來也不想看到自己的兒子，被迫做飯或是去倒垃圾的樣子。還是希望媳婦是家庭主婦。」

若和年紀再長一些的幸運主婦對話就會發現，她們理所當然是育兒右派，甚至會覺得她們是真正的右派。換言之，看起來就是兒孫滿堂的優雅婦人們，很可能笑容滿面地聊著：「都知事，就該由田母神[4]來當才好啊！」「日本也應該有自己的軍隊，可以參與戰爭才對啊！」

幸運的家庭主婦們真是恐怖至極！一直以來，日本都試圖擺脫封建的家庭觀、社會觀，建立起男女平等的社會，但登上家庭主婦寶座、擁有幸福生活的人，卻絲毫沒有想過這些事情。

而且，因為日本的出生率下降，這些人肯定會覺得，「看吧！我就說了嘛！」「女人吶！不在家相夫教子怎麼行！養育小孩，若沒有徹底的心理準備可不行。女人就是因為任性地說要工作什麼的，才會家庭和事業兩邊都顧不好。」

然而，觀察全球趨勢可以發現，出生率沒有日本那麼低的先進各國，都因為追求徹底的男女平等，遏止了出生率的下降。男性會分擔家事及育兒工作，工作制度與環境也對育兒階段的女性很友善，讓男女都能同時兼顧工作與家庭。

推動右派人士的想法，意味著讓日本回到傳統的家庭制度，但至今從未有任何一個國家，藉由這樣的手段成功提高了出生率。除了日本及韓國，其他如義大利、西班牙等，傳統家庭制度愈是根深蒂固的國家，出生率愈是低迷。

倘若今後日本想要祭出「女人在家相夫教子」的育兒右派思想，那將會是一個極為宏大的實驗。若能夠證明在傳統家庭制度色彩濃厚的國家，遵守

---

4 田母神俊雄（一九四八～），日本航空自衛隊退役將領，曾任航空幕僚長，因否認侵略歷史的不當言論遭到日本防衛省革職。目前隸屬於「日本之心黨」，二〇一四年曾參選東京都知事選舉但落選。

傳統封建制度、不追求男女平等，更能提高生育率，相信對少子化國家會是一大衝擊。

不過我是育兒左派，我覺得要真變成那樣，生活只會更辛苦。如果就這樣徹底實踐育兒右派的思想，等到我年邁之時，這世上就會到處都是在家裡育兒的家庭主婦了。像我一樣終生單身無子的老人，一定會被當作賣國賊般對待，彷彿能聽到有人說：「據說那個老太婆，沒有孩子能照顧她的晚年耶⋯⋯」「咦？她們就是那一群正好趕上泡沫經濟時代，一路得意忘形活到現在，卻不履行身為女人最重大的生養小孩任務的人嗎？」「我們繳的稅還得拿來照顧這些人，簡直是太荒謬了！」唉呀！我們雖然沒有生養小孩，但相對的，一直以來可都是拚命工作、誠實納稅的啊！不過，大概沒有人願意聽我們這些老女人心底的嘀咕吧！

前述的NHK女性經營委員，就是與安倍首相想法相近的人。而這樣的安倍首相，據說還想要推動所謂的「女性經濟學（womenomics）」，加強活用女性被埋沒的能力。

如果我的年紀還能生養小孩，一定會忍不住想問首相先生，我們究竟該何去何從？會不會安倍首相心裡其實覺得，「只要女人在家相夫教子、男人出外工作的話，事情就不會變得那麼複雜啊……真是麻煩！」但因為無法違背時代的潮流，所以才提出「女性經濟學」之類的說法呢？

我想，育兒右派的發言今後只會有增無減。在極端少子化的狀態下，出現這樣的反動也是莫可奈何。但我並不希望今後社會上出現「不生小孩的女人，就不被當成女人看待」的氛圍。因為，任何「對女人（或男人）而言最重要的是…」這樣的想法，只會讓人活得更加辛苦而已。

孫子、姪女

如今，小孩已經成了稀缺物品，並不是你想要就能擁有。這麼說來，將來會變得更珍貴的就是「孫子（女）」了。

「怎麼會那麼可愛啊～」當我當聽到這首名為「孫子[5]」（孫）的演歌時，真的是大吃一驚，孫子竟然也能是演歌的主題！這首歌在即將進入二十一世紀時走紅，或許是因為當時，日本已經出現少子高齡化的傾向，大家開始認知到孫子的稀少性了吧！而且，或許是因為會被這首歌觸動的高齡者增加，平均壽命也延長，能疼愛孫子的時間也更多的緣故，這首歌創下了百萬銷售的紀錄。

而現在，孫子果真成了稀缺物品。在我的世代，家中兄弟姊妹以兩人為最多，其次是三個，再來就是獨生子女。但現在看看身邊的朋友，兄弟姊妹全都結婚並有小孩的家庭，已是微乎其微。

就拿我一群要好的同學來說。我的話，雖然家兄結婚了有小孩，但身為妹妹的我單身無子。A是獨生女，已結婚但沒小孩；B是單身無子，哥哥離婚有小孩，但孩子的監護權在前妻手上；C已婚有兩個小孩，但姊姊離過一次婚，妹妹單身；D是離婚的單親媽媽，弟弟結婚有小孩；E本人和哥哥都已婚，哥哥有小孩，她沒有……可說是家家都有本難念的經。而F和妹妹都已婚有小孩，實屬珍貴，但目前和丈夫也處於分居狀態。

看到這樣的狀況不難發現，別說是孫子，現在連堂表兄弟姊妹也都是稀缺物品了。我的堂兄弟姊妹加上表兄弟姊妹，總共是九個人。但我的姪女，她只有一個媽媽那邊的表哥。考慮到她叔叔舅舅、姑姑阿姨的年齡層，當然也包括我在內，今後想必很難再有堂表弟妹了，所以應該會一直處於沒有親手足，只有一個表哥的狀態吧！我心裡不禁對她有點過意不去，覺得這個姑

5「孫子」，演歌歌手大泉逸郎的正式出道單曲，一九九九年四月二十一日上市。

姑不爭氣，真是不好意思！

我們無子一族，在三十幾歲的時候，也是有過讓父母抱抱孫子的想法。畢竟，當父母年過五十，親近的朋友圈裡就開始有人抱孫子、當上了阿公阿嬤，老是會給他們看自己手機桌布上孫子的照片，告訴他們「孫子好可愛喔！」自然會讓父母有一種也想要抱孫子的心情。

當時，家母也曾經對我說：「如果要生的話就早點生啊！再過幾年，我就沒辦法幫妳帶小孩了啊！」一般都覺得，不得不幫忙照顧孫子，對祖父母而言是一種負擔，但對「無孫族」來說，反而覺得「說什麼傻話啊！光是有孫子就很幸福了。」

但家兄夫婦沒有孩子，過著隨心所欲的生活，而我也維持著穩定的單身狀態，所以家母在年過五十，甚至上了六十歲之後，還是沒有機會抱到孫子，連一點跡象都沒有。

漸漸地，家母也看開了。在這樣的時代裡，好不容易把孩子養大，卻抱不到孫子的「無孫族」也不在少數，他們也只好相濡以沫，儘量不去問也不去聽有關孫子的話題。

但無孫族想抱孫子的心情是毋庸置疑的。如果想要的是小孩，不但能靠自己的努力實現，真的不行時也能徹底死心。但孫子就得靠小孩和他們的另一半，自己不好隨便插嘴，就算想幫些什麼忙也無能為力，隔靴搔癢的感覺只會愈來愈強烈。

尤其，對一輩子都是家庭主婦的女性（譬如家母）而言，上了年紀之後最大的樂趣就是抱孫子，這也成為最優先的課題。當朋友們都開始聊起孫子有多可愛，自己卻無法加入這個話題時，就彷彿湊不齊圓滿主婦人生的最後一塊拼圖。更氣人的是，自己明明就安安份份地結婚、生了兩個小孩，換句話說，為了抱孫子該做的事都做好做滿了，為什麼還是抱不到孫子呢？她們心中或許都有「這實在說不過去」的心情吧！

我身為無子族，理解這樣的心情，也想像過若是真能讓父母抱上孫子，他們會有多開心。但不管再怎麼想要克盡孝道，孩子也不會就這樣蹦出來。

沒想到就在某一天，家兄夫婦突然生了一個孩子。當然啦！生孩子不會是「突然」的，但總之，就在他們快要放棄的時候，孩子來了。

當時，家父已經過世，很遺憾地沒能見上孫子一面；而家母也超過六十五歲了……話雖如此，終於是了一樁心願。

我這一輩子從來沒有如此尊敬家兄，我甚至對他說：「老哥，了不起！幹得好！」在那之前，我一直覺得，「唉呀！沒小孩就沒小孩啊！有什麼關係？就算這個家在我們這一代斷了香火，也沒什麼大不了的。雖然有點落寞，但就像現在一樣安穩過日子也挺好的。」但家中一有小孩出生，整個氣氛頓時豁然開朗，我開心到甚至想讓辛苦生下孩子的嫂嫂坐上神轎，扛著去遊街。

我萬萬沒想到能在今生今世，抱到與自己有血緣關係的嬰兒，我小心翼翼地抱著她，在開心的同時也被一種深深的安心感所包圍。這個安心感，就是一種「那就輪不到我了吧！」的心情。

當時，我正處於「只要努力就能生」的年紀，現在雖然「很努力的話也不是生不出來」，但若不施點幾近乎幻術的手段，已經很難懷孕或生產了。

但當時是不用拚到這種地步，而是「努力一下就有希望」的年紀。

不過，因為家兄完成了讓父母抱孫子的重大使命，我著實有一種「這下子，就輪不到我上場」的解脫感。終於，我不用去凍卵，也不用為了繁衍子孫而跪求誰來神救援了。

無子族的人一起聊天，經常會說到因為有了姪子．姪女（外甥．外甥女），所以已經「安全」了。只要自己的兄弟姊妹當中有一個人有小孩，就好像通過了「讓父母抱孫子」這個任務的最低門檻，終於不用再勉強自己了，也不用再苦惱，是不是就算不結婚，至少還是得生個孩子比較好？如果是這樣的話那該怎麼進行才好咧？話雖如此，都這把年紀了突然要當單親媽媽也實在太……之類的問題。

因此，無子族會特別疼愛兄弟姊妹的孩子，拚命買玩具和衣服給他們，帶他們出去玩，給他們零用錢。正因為自己沒有小孩，所以能夠不負責任的寵愛他們。當無子族聚集在一起時，還會互相展示姪子．姪女（外甥．外甥女）的照片，就像互相炫耀自己孫子的老婆婆一樣，你一言我一語地說：

「哎啊！和姪女這樣關係真的就剛剛好啊！」

「要是這是自己的孩子，可真管不動啊！」

「姪女啊！開心的時候和她們玩一玩，玩膩了還可以還給她爸媽。」

我們想要逃避自己無法給手足的孩子添個堂表兄弟姊妹的事實。自己小時候，和堂表兄弟姊妹們玩得那麼開心，卻沒辦法給可愛的姪女添個表兄弟姊妹。

而且，無子族將來還得指望手足的孩子替自己辦後事。恐怕不只後事，還有晚年的照護、遺物的處理等等。在我們家的話，肯定就成了我那柔弱小姪女的負擔。

連很多父母都對自己的孩子說，晚年和後事不會麻煩他們，但我們無子一族，卻幾乎肯定會給手足的孩子帶來困擾。無論小時候我們有多疼愛他們，給過他們多少零用錢，都不足以補償為他們帶來的麻煩。

當我們變成高齡人口時，就會出現大量的姪子・姪女（外甥・外甥女），覺得照顧這些無子的叔伯姑姨是種負擔。甥舅叔姪之間的關係，看起來好似親近，但又和真正的親子關係完全不同。和叔叔伯伯、姑姑阿姨商量生活中的大小事還可以，但如果還得照料他們的老後，那就只是如不良債權般的麻煩人物而已。畢竟，照料親生母親大小便和照料姑姑的，感到負擔的程度可是有天壤之別。

有甥姪的無子族最常得到的結論就是，「最終還是錢的問題……」若希望老後儘量不要麻煩晚輩，就必須住進老人院、處理自己的晚年生活，於是最不可或缺的就是錢。

「話雖這麼說，但臨終的時候還是得靠他們幫忙處理，所以還是得在身後留一點錢才行。」

「還有，不要留下任何東西！光是整理父母的遺物就夠辛苦了，誰願意整理姑姑的遺物啊！必須儘量減少身邊的東西。」

「唉！要留東西的話，也只能是柏金包、鑽石之類，往後也能用得到的東西。」

「就是別留下東西，留錢就好。」

我的姪女現在才六歲，但姑姑我已經開始苦惱，「如果等她找到一個好對象結婚，幫我料理身後事……唉！等到我超過七十五歲了，姪女也年過三十，靠得住了吧？在那之前，我只能多加油了。又或者，我會在晚年來臨之前就死了呢？」

SNS

生兒育女近來儼然已經形成一股小小風潮，因為它是「只有被揀選的人才能做的事」。前些日子一本名為《家庭主婦2.0》[6]（文藝春秋）的書正好出版，內容提到，在美國有愈來愈多畢業於哈佛或耶魯等名校、工作經歷豐富的女性，在婚後自願辭去工作，變身為超級家庭主婦。若這個趨勢在美國真的越走越強，或許也會影響日本，讓更多人認可家庭主婦也是一項值得下苦

6 原文書名為《*Homeward Bound: Why Women Are Embracing the New Domesticity*》，Emily Matchar，Simon & Schuster，二〇一三年五月七日出版。內容講述，愈來愈多高教育程度的年輕人投入過去媽媽、祖母輩恨不得甩開的家務勞動，或甚至完全離開傳統事業與公司文化，「屈就」較低層的、以家為中心的生活方式，作者稱此趨勢為「新家務運動」（New Domesticity），同時分析其吸引力及潛在的危機，探索它可能會如何重新塑造女性的社會角色、對社會產生何種影響。

功、具備創造性的工作。

日本出生率之所以微幅增加，背後有各式各樣的原因。畢竟，政府甚至特別增設了「少子化對策主管大臣」一職，若出生率依然沒有一點起色，國家的面子可就不保。

內閣府還召開了「突破少子化危機專案小組」會議。這個名字聽起來很酷的會議，以前曾因提出發放《女性手冊》的計畫，遭受各界抨擊，因而聲名大噪。這次引發的討論則是「決定數字目標」，具體來說，就是討論自二〇二〇～三〇年期間，將出生率恢復到二．〇七的目標是否恰當。

果不其然，訂定數字目標的想法，再度引發了社會各界的責難。理由不外乎國家不該干預個人生活方式，以及人生也應該有「不生小孩」這個選項等等。

回想戰時，國家曾經不斷提倡「增產報國」，不知道是不是因為日本人對這件事記憶猶新，有些人對於國家干涉個人是否生育的問題，非常反感。他們認為政府只要能營造出一個對生兒育女很友善的環境，小孩自然就會增加。否則光是高喊「快生吧！快生吧！」對出生率也不會有什麼幫助。

我也不是不了解專案小組成員的想法，大概就是認為制度又不是他們可以突然改變的，只能從能力範圍所及的事情做起。而無論在面對人生或少子化問題上，目標都非常重要，一定要訂得高一點才好。

的確，就以日本的觀光政策來說，二〇〇三年推出的「Visit Japan Campaign（VJC）」就非常成功。當時訂下的目標，是希望在二〇一〇年前，把原本每年五百二十多萬的訪日外國觀光客人數，提高到每年一千萬人。訂定這個目標後，經歷了雷曼兄弟破產、東日本大地震等天災人禍，終於在二〇一三年突破了期盼已久的一千萬人大關。現在我們在日常生活中，也的確感受到外國觀光客變多了！

所以少子化的問題，說不定也可以藉由設定目標，讓各種措施發展為更具體的作為。實際上，即使設定數字目標的作法屢遭抨擊，第三次安倍內閣提出的「一億總活躍社會」政策中，依然訂下了「希望出生率」達到一・八的目標。所謂的「希望出生率」是指「想生的人都能生」，所以好像也沒有強迫那些不想生的人一定要生的意思，害我不禁想要為自己對達成政府目標毫無貢獻，只會扯後腿而道歉。

唉！如果可以讓國家變好，要我道幾次歉都可以。但問題在於，設定數字目標真的有效嗎？我始終認為，在少子化政策上設定目標，與在觀光政策上設定目標，是相當不同的。

舉例來說，鄰國韓國也與日本一樣面臨少子化的問題，程度甚至更為嚴重。韓國政府也曾經提出不少口號，根據我詢問一些韓國友人後得知，過去推出的口號包括「晚生不利健康」、「二十幾歲就結婚、三十幾歲生兩子，生活健康又幸福」等等。

「二十幾歲就結婚、三十幾歲生兩子」的說法，是由國家提出一種「理想的生活模式」，就是幾近於數字目標的口號了。

然而，即使提出了如此輪廓清晰的口號，韓國的出生率也沒有顯著的上升。畢竟，當問題涉及個人生活模式時，若無法清楚回答為什麼非這麼做不可，並且提出讓人覺得非試不可的範本，光靠數字並無法改變人心。

比起目標或口號這類「高舉」在國民頭頂上的東西，有效的少子化解決方案，其實在腳下。換言之，就是在圍繞著我們生活的網路世界裡。

關於出生率的微幅增加，我認為網路世界，尤其是SNS（Social Networking Service，社交網路服務）扮演了舉足輕重的角色。

就拿部落格來說。近來生了小孩的女藝人們，都會在部落格裡分享她們育兒的樂趣與辛勞。雖然偶爾也會被批評「便當菜也太慘不忍睹了！」或是「根本不懂怎麼照顧生病的小孩」，但許多媽媽明星們趁勢推出品牌童裝、出書等，很懂得借力使力，讓大量的曝光、討論，轉換為強勁的購買力。

看見這些媽媽明星的樣子，或許可以讓人覺得自己的育兒方法比那個誰誰誰好多了，或是有更多人覺得，如果連某某某都能養小孩的話，自己當然也做得到，甚至養小孩看起來好像還蠻輕鬆、挺有趣的。

無論何者，媽媽明星們的部落格，基本上帶給女性的是對於育兒的正面認知。此外，比明星部落格更具效果的，或許是一般人在網路上公開分享的育兒經驗。

譬如說臉書。雖然臉書上的貼文、照片，一般都只公開給認識的人，但正處於育兒階段的人，貼文中有關小孩的內容自然也會變多。從懷孕時期就公開自己大腹便便的模樣，產後也會放上嬰兒剛剛出生時的照片，向大家宣告：「寶寶平安誕生囉！」

這些話題的讚數通常會暴增，留言裡也清一色都是祝福。

我覺得這一類的貼文，在「生子意識」上能為觀看者帶來很大的刺激。那些二、三十歲，正處於結婚、生產黃金時期的單身女性，在網路上看到身邊的朋友一個個的結婚、生小孩，一定會覺得羨慕或是感到焦慮。

我認為這種焦慮的感覺，正是少子化問題的良藥。媽媽明星們的生產、育兒當然也是，但看到現實生活中身邊的朋友，在網路上分享生產、育兒的經驗，並受到大家的祝福，自然就會希望自己也能早點和她們一樣。

會在臉書發文，基本上都是要炫耀充實的現實生活。自己下廚做的料理、造訪過的地方、和樂融融的家人……放上這類照片時，就是在期待得到稱讚留言，「哇！好讚喔！」「你好棒！」雖然偶爾也會放上一些自嘲的內容，但其實也是在炫耀，自己一點都不在意公開這些糗事。

其中，最具票房保證威力的，就是有關小孩的話題。只要是有關小孩的貼文，一定都能獲得「好可愛喔！」「長好大了！」「養小孩真辛苦！」之類的稱讚，自然會覺得很值得。

而無子族只能羨慕地旁觀，「真好！都有這些事可以炫耀」。畢竟，無子族能炫耀的也只有工作而已，但有關工作的貼文，只會因為炫耀的色彩太過濃厚而惹人討厭。

我這個世代的人，在結婚、生產的高峰期，SNS尚未如此發達，哪個朋友結婚或是生小孩，都是靠口耳相傳才得知。不像現在，包括看似幸福的畫面、來自他人的祝福，全都透過網路直接展現在你的眼前。

這或許正是我那一代的人，不會因為著急而結婚、生小孩的部分原因。讓人產生焦慮感的因素比較少，所以才沒發現自己已被狠狠甩在後頭的危機。

我同時也覺得，現在的年輕人不得不一直接觸SNS，真的好辛苦。

我認識的一個年輕女性，剛生完小孩，就把小嬰兒的照片上傳臉書，她的同學A小姐留言恭喜她，結果這位年輕的媽媽回應說：「A啊！我說你也別老是祝福別人，趕快自己也生一個啊！很可愛喔！」當我看到這樣的一來一往，只有一個感覺就是：「幸福的人怎麼如此殘忍啊⋯⋯」

這等於是在大家面前公然對A小姐說：「妳也快點變得跟我一樣幸福啊！」A小姐或許很受傷，也或許真的會因此奮發圖強，覺得不能再發呆了，一定要加把勁結婚生小孩！SNS就是網路上的「社會」，只要我們一日身為日本人，就絕對不會希望自己背離社會的規範。

相對的，我的世代不隸屬一般的社會，也不隸屬網路上的社會。在臉書上看到嬰兒的照片，也不再感到焦慮，頂多覺得像孫子一樣可愛而已。

想要驅動日本人，並不需要利刃，只要讓他們「想和大家一樣」就好。所以在少子化對策上，SNS勢必成為非常重要的手段。就算是假象也好，只要一般人也拚命把「生產、育兒，幸福又快樂」的樣子放上網路，或許就會讓今後的出生率增加了也說不定。

獨當一面

一個人要結了婚才算是大人，說得更準確一點，是生了小孩才算真正的大人……現在已經很少聽到這樣的說法了，其中一個原因就是「人權意識」。現今在職場中，「沒結婚、沒生小孩，人格就不健全」的說法若處理不當，一不小心就可能涉及法律問題。

所以，不會再有上司對部屬說：「你也趕快結婚啊！一直單身的話，別人會認為你無法在工作上獨當一面喔！」

過去，還真有人因為受不了公司裡這種多管閒事的叨念，最後匆匆忙忙結婚了。所以，人權意識的高漲與出生率的低下，是明顯相關的。

我認為還有一個可能的原因是，單身、無子族已經多到都沒辦法再說這樣的話了。由於晚婚化、少子化現象並非單一原因造成，種種理由導致無子族人口增加，於是在私生活上，即使沒有通過「結婚生子」這個被視為能夠獨當一面的門檻，只要工作能力佳，就會獲得重用；不問男女，即使單身或無子，也可以獲得晉升機會。私生活與工作上獨當一面的基準不同，已經成為一個不言自明的事實。

在政治的世界裡，小泉純一郎當上首相時，讓我深覺日本終於也變了！對於反對夫妻異姓[7]、主張家庭第一的保守政黨自民黨來說，有小孩但離婚又單身的小泉，應該算是私生活上「政治不正確」的人，卻反而成為他受歡迎的原因之一。

在第一次安倍內閣時，我同樣大吃一驚，想不到沒小孩的人竟然能當首相！因為我一直覺得，自民黨不就是一個重視家族繁榮、要讓子孫繼承政治資源的政黨嗎？雖然安倍的祖父、父親都是偉人，但竟讓沒有孩子的人當首相，自民黨要不要緊啊？

或許就是因為我們看到愈來愈多無子或單身的人，在國家或企業中活躍、成功的身影，慢慢開始覺得，一個人在結婚、生子之後才能獨當一面的說法，其實是錯的。社會上有很多人就算沒結婚生子，也很活躍、成功，也有很多人就算結了婚、生了很多孩子，在待人處事上仍舊一塌糊塗。

為什麼會有結婚、生子之後，一個人才能獨當一面的說法呢？或許是因為不這麼做，下一代就不會繁榮吧！無論結婚或生子，都不是普通的辛苦，尤其在父權體制強大的時代裡，女性婚後勢必辛苦是不爭的事實。但大家還是要結婚的原因無他，就是在經濟、社會或生存上，都沒有別的選擇。尤其，一般女性若不結婚就活不下去，而男性不結婚的話，就會被貼上對日本人而言最可怕的標籤：「不正常」。

也就是說，不結婚生子就不能獨當一面的說法，是先人為了不讓日本人滅絕而代代相傳下來的智慧。大人對年輕人這麼說，給他們壓力，以防他們逃避結婚生子的苦行。而結婚有小孩的人，不甘願看到單身的人不用背負成

7 日本現行民法規定，夫婦結婚時雙方必須隨其中一方的姓。而在父權社會的傳統下，百分之九十六都是妻子改從夫姓。

家的辛苦、整日輕鬆遊蕩的樣子，就把以前別人對自己說的這番話，拿來告誡單身的人。

至今，在單身者或無子族不在場的地方，或許仍有人會竊竊私語：「沒結婚生小孩的人就是不靠譜啊！」但是，整體社會開始注重遵循法律，這一類的說法也悄悄的地下化了。

還有一句話也很常聽到，那就是「有小孩之後才明白的事太多了！」這句話隱藏的意思就是，我們可是知道很多無子族不知道的事。而且，所謂「有小孩之後才明白的事」，不外乎就是不求回報的愛、養兒方知父母恩之類正面的事。換言之，這也能曲解成是，無子族全都在不知道這些美好的狀況下，虛度了歲月呢！

新手爸媽因為孩子帶來的非日常和幸福感受激動不已，所以即使在無子族面前，也會說出「有小孩之後才明白的事太多了！」「讓我成長了好多！」之類的話。我們雖然心裡覺得，你的意思就是我不思長進對吧！嘴上也只能說：「對啊～真是太好了～真的恭喜你呀！」

無子族偶爾也會試著思考，所謂「有小孩之後才明白的事」到底是什麼？第一個想到的當然就是滿滿的愛，覺得自己的孩子可愛得不得了。據說親子之愛與男女之情截然不同。接著就是會萌生出一種自我犧牲的精神，覺得自己怎樣都無所謂，但無論如何都要保護孩子。總之，有了孩子之後領悟到的，都是崇高無私的精神。

的確，有小孩的人就是溫柔。這世上名為「媽媽」的人，有時候甚至非常關心、同情毫無關係的陌生人，對老人、小孩也都很體貼。有小孩的家庭主婦還會對我說：「工作的人都很忙很辛苦。來，這個給你吃！」當我受到這般貼心對待時，都不禁覺得果然世上只有媽媽好！

不過，如果「有小孩之後才明白的事」真有這般崇高，對人類帶來莫大的影響，那為人父母者理當不會犯罪才是。但社會上接連不斷發生父母生而不養、虐待等，讓自己孩子身陷危險的事件；為人父母卻犯下駭人案件的新聞，也是屢見不鮮。

產後的媽媽會把滿溢的愛灌注在孩子身上，似乎有部分原因是受到荷爾蒙影響。據說，催產素（Oxytocin）這種荷爾蒙，會在母親泌乳時分泌，因而激發出母性，讓母子間的感情更加深厚，是一種會讓媽媽想要疼愛自己孩子的荷爾蒙。另外，女性產後分泌的荷爾蒙泌乳素（Prolactin），也同樣有讓媽媽覺得自己孩子可愛的作用。

當我聽到這些說法，恍然大悟的同時，也不禁覺得「什麼跟什麼嘛～」聽到「有些事在有了小孩之後才明白」這句話的時候，我以為有了小孩能讓一個人的思考更深刻、心靈也有所成長，達到某種無子族無法企及的高度。如果只是因為荷爾蒙分泌所以會愛小孩，那跟肚子餓了所以想吃飯的行為有什麼兩樣？也就是說，和精神上的成長根本沒關係嘛！

當然，我相信在荷爾蒙分泌的同時，媽媽們都是拚命地在思考、努力，如何愛她們的孩子，想要好好扶養他們長大。那虐待自己的孩子或是生了卻不養的媽媽，該不會是在某個時期荷爾蒙枯竭了吧……。

若是如此，只要把荷爾蒙當作藥物服用，或許快要放棄育兒的媽媽，也能再努力下去。有小孩的人往往覺得，無子族根本不懂什麼是重要的事，那如果服用了荷爾蒙，我們會不會就變成了「深明事理」的人呢？

正當我這麼想時，還真的發現了「催產素噴霧」（oxytocin spray）這種產品。我在搜尋「催產素」時，右側的欄位竟然出現了「催產素噴霧／亞馬遜」「催產素在樂天」等好幾種廣告。

我看了一下從海外直接出貨的催產素噴霧說明，竟然出現了以下文案：「幫助您增進人際關係，維持朋友情誼，與陌生人之間建立起信任。」「維繫愛情、友情，甚至和陌生人之間產生信賴關係。」

原來現在連這種「精神性」的東西也能用錢買啊！真讓人感慨萬千。當然產品功效還不至於寫上「連不愛小孩的媽媽也能變得愛小孩喔！」但至少表示無論是「更深厚的愛」或「長遠的人際關係」，竟然不需要靠精神上的努力，而是用類似藥物的東西就能達到某種效果了。

在少子化的現代，有一個很大的問題是，很多男女並沒有想要小孩的心情。所以國家和地方政府都努力的想要打造更利於職業女性育兒的制度與環境，以激發她們想生小孩的念頭；另一股新的趨勢則是，讓女性在高中左右的年紀，就接觸到孩子可愛的模樣，醞釀她們想要小孩的渴望。

若是這樣，或許只要暗地裡為年輕男女注射某種荷爾蒙，就算制度或設施多少有點不完善，女性就會想生得要命，男性也會要命地想讓別人生？

這種彷彿科幻電影般的想像，令人不寒而慄，但眼下政府無論多麼努力對抗少子化的問題，出生率依舊沒有什麼起色，在這般焦頭爛額的狀況下，偷偷在年輕男女的飲食（**便利商店的便當？**）中混入某種荷爾蒙，好像也很有可能發生不是嗎？

如果大家都認定「有些事只有生了孩子的人才知道」，事情就很可能發展到利用荷爾蒙的問題上。有小孩的人的確體貼、溫柔，但這世上也有像德雷莎修女一樣，即使沒有小孩也擁有大愛的人。此外，在目前問題重重的日韓關係上，兩國的領導人都是無子族，如果真的沒小孩就不行的話，那問題不就大了嗎？

因此我覺得，「就算沒有小孩，只要努力就能什麼都知道」的論點，才能讓社會更圓滿一點。我也盡可能想要變成懂得體貼別人的人啊！真的。

各退一步

我每年都有一次機會造訪住家附近的區立小學。這所小學每年都會為六年級的學生舉辦一個類似「職業講座」的活動，先用問卷調查小學生們夢想的職業，再邀請該職業的相關人士到校進行實際交流。鄰居太太告訴我，也有一些小朋友想要成為作家，於是我受邀參加了三次左右。

小男孩的夢想職業中，最熱門的不外乎是足球或棒球選手，所以會有一些東京足球俱樂部（Football Club Tokyo）或東京養樂多燕子隊（Tokyo Yakult Swallows）的前任選手來訪；而廣受小女孩歡迎的職業如甜點師傅、麵包店員工、幼兒園老師等，則都是來自左鄰右舍；車站站長、警官、自衛隊等比較嚴肅的工作，多半以制服登場很是帥氣；另外也有不少小朋友想要成為偶像明星，所以也會邀請演藝經紀公司的人來交流。

光是看到這講師的陣容，連我這個大人都感到興奮，不禁感嘆原來孩子們的將來有這麼多的選擇。

活動進行的方式是，在體育館裡設置許多像是算命攤一樣的攤位，講師坐在各自的攤位裡，小朋友可以到自己感興趣的職業攤位去參觀、發問，一小時的時間大約可以和三位講師交流。

我聽說最近的小孩都很人小鬼大，但實際接觸後發現，他們真的是很可愛。有個孩子說：「我媽媽是妳的粉絲！」我問：「謝謝～那媽媽幾歲啊？」結果年紀比我小很多很多⋯⋯。來我攤位的孩子，我都會教他們寫好作文的訣竅，當作獎勵。

結束和小朋友的交流後，我們也順道在學校一起吃營養午餐。白飯配牛奶的組合，真的是無比懷念⋯⋯。

這個活動雖然非常有趣，但我總是在想，現在的孩子也真是辛苦，竟然這麼早就得思考未來的路了。回想自己六年級的時候，壓根兒沒想過未來的自己會是什麼樣子。小學畢業紀念冊裡有一欄要寫「未來的夢想」，因為當時整體社會氣氛並不允許我們寫「並沒有」，所以我好像寫了一個自己剛認識的時髦單字「室內設計師」吧！

我想現在的孩子，其實也是差不多的感覺。六年級時的夢想，長大後真的會實現的畢竟是少數，在活動裡沒有出現的職業「上班族」，反而是實際就職機率最高的工作。

即使如此，大人們還是認為，在現今這個年代，最好從這個年紀就養成思考未來工作的習慣。雖說是小學生，六年級也已經十二歲了，若是高中畢業就工作的話，的確有可能六年後就出社會了。所以從這個年紀開始思考工作的事，似乎也不算太早。

而且我認為，孩子不是「自己長成」大人的，而是父母、老師、周遭的人，齊力「把他們變成」大人的。我也曾以為我是靠自己的力量長大的，但其實從小的食衣住行全是父母給的；開始上學之後，基本教育方針也已底定，全是為了讓我們更接近父母心目中理想大人的形象；零用錢的金額也是由父母決定。我們家的家風已算是自由、開明，但其實在某種程度上，這個自由也是以父母指示的大方向為前提。

一想到讓一個孩子身心健康的長大，找到自己想做的事、喜歡的事，並且能夠自立，是一項多麼宏大的工程，我就再次確認自己實在沒有辦法養育小孩。因為，想要活得自由自在，需要很大的決斷力，而父母必須透過教育，培養小孩具備這樣的決斷力。

剛好朋友的小孩就是這個小學的六年級生，所以活動結束之後，我和朋友約了一起去喝茶。我一邊喝茶一邊感慨萬千地說：「要把孩子好好養大，真的好了不起……」這個朋友和我從小學開始就一直是同學，幾乎一起渡過了絕大部份的青春歲月，而她現在是三個孩子的母親，孩子們又是要升學考試又是青春期的，正是辛苦的時期。

「要把孩子好好養大，真的好了不起……」這句話，我們無子族好久以前就一直掛在嘴邊了。現在有小孩的人，多半從二十五歲左右開始就接二連三地生小孩，當她們的孩子還小時，看到她們為了顧小孩連覺都不能好好睡，無子族就常常會脫口而出：「要把孩子好好養大，真的好了不起……」

當然，有時候是因為我們也只能這麼說。當孩子還小時，是有子族與無子族之間隔閡最深的時期。在友誼熱絡的青春時代之後，慢慢開始有人結婚，但只要還沒有小孩，友誼便還能持續下去。不過一旦生了小孩，朋友間的關係就再也回不去了。

這是自然的法則，因為女人一旦變成了母親，眼裡就只有小孩。她們想要聊的，不是前陣子聯誼認識的男人，也不是下次去夏威夷玩好不好，而是自己的孩子，還有育兒的辛勞。

不僅是話題改變了，連見面的時間也開始喬不攏，正在育兒階段的人頂多只能平日出來吃個午餐，但這對有工作在身的無子族來說，簡直是不可能的任務，於是雙方見面的頻率也驟然減少。

於是，感情再好的朋友，也會自然而然就分裂成有子族和無子族。有子族當然想和能聊媽媽經的人，一起分享育兒甘苦。而我們無子族，就算覺得朋友的孩子再可愛，也無法接受聊天話題總圍著孩子打轉，結果就是物以類聚，夜裡聚在一起大聊單身的話題。

青春時代曾經無話不談的朋友，只因為有了孩子就疏遠，雖說是無可奈何，也真教人感到落寞。於是有些人就會起鬨：「你也去結婚啊！」「你是生不出來嗎？」（特別給多忘事的貴人的注：二〇一四年，東京都某位女性議員在議會上針對不孕女性的支援系統發言時，就有人在一旁說這些風涼話。）聽到這些話的瞬間，說不定的確會突然覺得「好啊！」但那個年代一般大眾的人權意識已經大幅提升，結果又持續過著悠然自得的單身生活。

有子族一國、無子族一國，各自「同病相憐」的狀態，可能持續了有十年以上，很難不讓人覺得，和有子族的友誼應該是走到盡頭了吧！

不過，事情的發展並沒有那麼糟，因為年過四十之後，有子族終於來到了所謂「可以放手」的狀態，又可以在晚上出門了。

於是，彼此的友誼再度復活，而且有趣的是，就好像中間什麼事情都沒發生過一樣。青春時代的感覺像是被真空冷凍乾燥了一般保存完好，大家就像以前一樣淨說些傻話，還大聊彼此的前男友，「某某某當時一定是腦袋破洞了吧！」

不知不覺間，我也能夠開心地參與有子族的媽媽經了。當她們的孩子還小時，聽她們不斷說起身體的疲累，給予她們撫慰，但現在孩子漸漸大了，在替孩子思考未來之際，還必須尊重他們懂事後的自我意志。有些朋友整天苦嘆：「事情怎麼會變成這樣？」有些人則被洗衣煮飯等大量的家事追著跑。看到她們的身影，「要把孩子好好養大，真的好了不起……」這句話，真的是打從心底浮現。

有子族聽了會說：「妳在說什麼啊？酒井妳一直努力工作，那才了不起呢！」但工作的辛苦怎麼比得上養兒育女的辛苦呢！「沒有，沒有，我這算什麼。」「你太謙虛了啦！」我們可以這樣肯定彼此，也是因為我們都是成熟大人了吧！

有子族和無子族的各退一步，是在明白不管有沒有小孩，要變成大人本身就很辛苦的事實後，才得以實現。朋友們在瞭解彼此身負的重擔後，再度相聚、互相扶持。

和三十幾歲的女生聊天時，經常會聽到她們說起，好朋友生了孩子之後就變得疏遠，覺得很失落之類的事。我都安慰她們：「那只是現在而已，再等上一陣子，友情又會復活的，別擔心！」也或許，比較好的做法是激勵她們「妳不會也去生喔！」但這種事也只有天知道啊⋯。

該放手的時候

我才二十幾歲的時候，家母經常對我說：「沒結婚不要緊，只生個孩子也行啊！」或許在她心中，結婚並不是個太愉快的經驗，但生兒育女卻很值得，也很開心，所以才這麼說。

結果，我依然一路錯過這兩件事直到現在。話說回來，最近已經很少有人對我說「只生個孩子也行啊！」這句話了，我想這或許是一種時代的變化。之前聽到大臣說出「生產機器」一詞，或是東京都議會裡性騷擾發言引發問題時，我都感嘆日本人的觀念根本完全沒變。但或許也因為這些騷動，社會上似乎慢慢形成了一股「話不能亂說」的氣氛，所以已不再有人隨隨便便就對我說：「只生個孩子也行啊！」

正當我這麼以為的時候，卻又突然發現其實並非如此。即使是現在，女性到了生育年齡（不是適婚年齡），周圍的人還是會一直催她快生快生。之所以不再有人這麼對我說，單純是因為我已經過了生育年齡罷了。

仔細想想，最常有人對我說「只生個孩子也行啊！」是在三十五歲左右。而最常這麼說的人，就是那些有小小孩的朋友。她們雖然正處於育兒最辛苦的時期，但同時也是身為母親最充實的時期，出於一種希望好朋友也嚐嚐這份幸福與充實的心情，才會對我說「只生個孩子也行啊！」

不光是有小孩的朋友，當時已經結束育兒生活的大人，好像也時常對我說：「有小孩很好喔！」或是「婚什麼時候都能結，但生小孩可不一樣，要好好想一想喔！」

從政治正確的觀點來看，這些發言已經構成性騷擾了。但這般一步一腳印的「生子」傳教活動，或許在深受少子化問題所苦的日本，扮演了重要的角色。

生子傳教活動的主要對象就是單身女性。對於那些已婚無子，為了求子而努力接受不孕症治療的人，自然不好再說出「生個孩子吧！」之類的話，所以目標對象還是單身的人。

但同樣是單身，男性卻不會成為傳教活動的目標。雖然有人會勸單身男性結婚，但不會有人跳過結婚這一關，直接對他們說：「至少生個孩子吧！」因為男性不是「生產機器」，所以只會對他們說，先結婚，把生產機器弄到手再說吧！

我們的確是「生產機器」，正因為如此，家母才能說出「沒結婚不要緊，只生個孩子也行啊！」這樣的話。

只是大家似乎沒有發現，光有機器沒有原料，也無法製造產品啊！若不激勵一下原料供應商，就算機器們幹勁十足地說：「我要開始生產囉～」也只是白忙一場。

不過，面對如此處境的單身女性，在年過四十之後，就不會再聽到別人對妳說「只生個孩子也行啊！」

或許是因為在周遭人看來，這個人都快四十了，已經和懷孕、生產不太有關係，本人看起來也沒那個意思，不如就放過她們吧！

雖然現在年過四十才第一次生產的大有人在。不過，隨著卵子老化，年紀愈大就愈不容易懷孕，就算懷孕了，孩子罹患唐氏症的機率也會變高，問題很多。三十五歲左右，還會有人對你說：「完全沒問題，現在高齡產婦那麼多，你體力又還很好。」但過了四十歲之後，連傳教士也不再有「完全沒問題」的自信了。

其實我自己直到四十歲之前，都還覺得若是因緣巧合下懷孕了，也不是不能生。但一過了四十，自然就陷入了想必是不會有這種事的心情。萬一懷孕了，恐怕也只會感到困擾，現在才開始養兒育女？該怎麼辦啊？我。

努力接受不孕症治療的已婚朋友也一樣，年過四十之後，就慢慢開始有了放棄的念頭。當然，這世上有很多人年過四十仍不放棄希望，繼續接受治療，甚至有些名人五十幾歲才生產，但這都僅限於有錢且環境優渥的人。

聽到拚命做不孕症治療的人說：「總覺得，我已經累了……」傳教士大概會說：「為什麼不早點開始呢？卵子愈年輕愈容易受孕，這不是常識嗎？」但我好想說：「這話光對女人說也沒用啊！」她們從年輕時就想要孩子，但

（不知道是不是僅限於）日本男性的特徵就是，當女人一說想要孩子，他們就馬上腿軟想要逃跑。所以愈是誠實的女性，就愈容易碰到當她們告訴男方想要孩子時，對方就抽身落跑的經驗。等到過了三十五歲，好不容易結了婚，接受不孕症治療卻不順利，錯也不在她們身上啊！

所以務實一點的女性，在自己心儀的男性面前，絕對不會把「想要小孩」掛在嘴上，也不會寫在臉上。但她們會暗地裡精心佈局設法捕獲精子，巧妙地把局面導向奉子成婚。

誠實的女性，很誠實地表達想要孩子的想望，直到年過四十才突然發現，原來，愈是把「想要」說出口，孩子就離自己愈遠。看起來也不是特別想要孩子的朋友，蹦蹦蹦地都已經生了三個，而我明明那麼渴望有個孩子，為什麼運氣這麼不好……也太沒有天理了。

總之，沒有孩子的女性，到了四十歲左右，就會來到是否要放棄的分岔路口。看起來顯然是一條平坦大道的，當然就是「放棄」這條路。只要決定放棄，至少就能先擺脫「還是生比較好吧？」「要怎麼做才生得出來呢？」

這些鬱悶的心情，精神上也終於獲得平靜。而且，周圍的人對於已經放棄的人會特別溫柔，不斷在鼓吹「只生個孩子也行啊！」的傳教士，也終於願意做出結論：「原來那個人是無神論者」，為一切的傳教活動畫下句點。所以，大半的無子族因為怕麻煩，自然就往這條路上走去。

另一方面，選擇「不放棄」的人，通常都極具行動力。不孕症的治療不但花錢，在精神和肉體上的負擔都不是開玩笑的。單身的人還必須探尋如凍卵或到美國借精等各種管道。至於即使如此艱難還是不放棄的原因，曾有一位持續嘗試不孕症治療的朋友告訴我：「就在快要停經之前，我突然聽到來自天上的聲音說：『不能再這樣下去了！』」

世間對於不放棄的人是很嚴厲的，他們會說：「你想要孩子就想到這個程度嗎？」「事到如今，也只能接受這就是妳的命，差不多該放棄了吧！」雖然舉國上下都在說，再不想辦法解決少子化的問題，這個國家就看不到未來，但世間期待的是，擁有健康卵子的女性多生一點，可不會舉雙手贊成卵子已經老化的中年女性，還拚命要生。至於那種不知怎麼地就懷孕了，小孩生小孩的年輕媽媽，畢竟卵子還很年輕，世間的眼光也相對友善。

在這樣的社會氛圍下，仍在不孕症治療中「不放棄的人」，不但無法和周圍的人分享自己經歷的辛苦，還得遭受批評的眼光，「早知如此，就趁年輕的時候生啊！都已經中年還拚命想要懷孕，不過是自我滿足而已。」

最近，不管是暢銷金曲或是心靈成長書籍，都大力主張「不要放棄夢想」。不過，它們想像的是年輕人追求的夢想，而不是中年女性對於懷孕的夢想。

選擇不放棄的人，最辛苦的或許不是過程本身，而是要對抗這些眼光與氛圍。其實，對選擇不放棄的人最嚴苛的，就是選擇放棄的人。像我這樣放棄的人，雖說放棄了，但心底深處多少會擔憂「這樣真的好嗎？」所以看到那些為了懷孕始終不放棄的人，還是有些不安。一想到如果那些人最後真的實現夢想、生了孩子……心情自然很鬱悶。還會和放棄的人互相取暖，私底下埋怨，「有需要做到這種程度嗎？」「再說，如果現在生了，小孩二十歲的時候她都幾歲了啊？又是獨子，小孩也真是可憐！」

不放棄的人當中，很多都是認真、誠實的人。就是因為她們一直都很誠實的表明想要小孩，男人們才會態度曖昧；就是因為她們太認真工作，懷孕的機會才變少；等到接近生產年限，還是認真的認定，身為女人來到這世界，怎能不生小孩；看到野田聖子時，也能感受到她自覺身為保守政黨的一員，不能不生小孩的真摯心情。

懷孕、生產都是自然法則的一部分，並不像工作，只要努力投入就能有相應的成果，所以愈是誠實的女性，愈是無法輕易地就生出孩子。正因為是「自然」，所以誠實、認真不一定能派上用場。

渴望生小孩的人生不出來，沒太多想法的人卻輕易就懷孕。光是看到這樣的狀況，就已經充分理解，這世上很多事本來就無法隨心所願啊！

已婚無子族

我的一位男性友人，已經年過五十，結婚二十幾年都沒有小孩。沒有小孩的夫妻，感情往往都很不錯，時常一起去旅行、打高爾夫球，還養了一隻黃金獵犬，每天都過得很充實。

但就在某一天，男方一時鬼迷心竅，和一位三十幾歲的女性外遇了。而且，對方還懷了他的小孩。

對方當時也已經過了三十五歲，覺得以後可能也沒有懷孕的機會了，所以決定生下小孩。男方雖然覺得對不起太太，但因為他其實想要小孩，所以最後還是和太太離婚，和外遇對象結婚，圓了當爸爸的夢。

當他抱著孩子時，常常碰到陌生人說：「哎啊～跟爺爺一起啊！真好～」他嘴巴上會回說：「不是爺爺啦！」但還是笑得和彌勒佛一樣開心。

新生命降臨在這世上，是可喜可賀之事，而且看到這位朋友如彌勒佛般的笑臉，就能感受到他是真心想要小孩，但我對兩人結婚一事，心裡還是不太舒服。

這當然是因為想到了前任太太的心情。試想，結縭多年的先生，有天突然告訴妳：「和我交往的女人懷孕了，我要和她結婚。我其實一直都想要小孩，抱歉！」然後妳就不得不「被」離婚了。在這二十幾年當中，太太其實一直想要懷孕，也做了很多努力，但還是沒有小孩的緣分，最後夫妻倆達成共識，一起度過沒有小孩的餘生。

結果，還有生育能力的先生，只因為還是想要小孩，就輕易地把太太拋棄了。太太所面臨的空虛感，是外人無法想像的。我想，太太當然得到了相當多的贍養費，但她心裡的缺口，卻是再多金錢與時間都彌補不了的。每當她撫摸留在身邊的黃金獵犬，就不得不直視自己心裡的傷痛。

每當我看到這樣的例子，都不禁覺得，已婚無子族其實比單身無子族更辛苦。在前言裡，我提到過沒有小孩的「勝犬」所面臨的孤獨感，我認為，了解那種孤獨感就會明白，女人的人生，生小孩與否遠比結婚與否，意義更為重大。

以前曾有已婚無子的人對我說：「沒有小孩的夫妻，其實蠻空虛的。」我馬上反駁：「妳說什麼傻話啊！妳都結婚了，比我們好太多了啊！有先生在，哪會空虛啊！」但我們單身無子族，沒有小孩是理所當然，也已經做好心理準備，凡事都只能靠自己，所以努力工作、和其他單身無子族一起作伴，準備渡過一個沒有小孩的人生。

相對的，已婚無子族至少還有先生可以依靠，反而不太有一個人生活的心理準備與決心。再加上已經結婚了，被認為理所當然應該有小孩的處境，更是叫人難受。

在日本，結婚無非就是為了生小孩。結了婚但沒有小孩，周圍的人就會覺得，那你為什麼要結婚呢？

為了生小孩而結婚，結了婚卻又生不出來，無子族夫妻只好努力再努力。不孕症治療也不斷進化，譬如有一個案例，因為先生是無精症

（Azoospermia），治療方式是借用先生父親的精子和太太的卵子受精，引發了熱烈的討論。也有人委託國外的代理孕母，或是借用別人的卵子但自己懷孕、生產，真的是無所不用其極。

當我聽聞這些不孕症的新療法，心中不免懷疑，真的有想要到這種地步嗎？但這是因為我沒結婚的緣故吧！已婚無子族與單身無子族，對於有沒有小孩的焦慮，是大不相同的。

對單身無子族而言，沒有小孩的失落感，還排在沒有結婚之後，並非最大的痛苦。但對已婚無子族而言，沒有小孩的事實，卻是唯一的缺憾。有些人因為太煩惱不孕症治療的事，最後精神狀況出了問題，因為她們覺得，若無法填補沒有小孩的缺憾，人生就無法繼續前進。已婚無子族正因為結了婚，所以才覺得非生不可。

所以我一想到結婚二十幾年，只因為先生一句「我還是想要小孩」，就「被離婚」的女人，心情就不由得沉重起來。我想男方也曾在某個時候，終於下定決心把想要小孩的希望封印起來，卻偏偏在這個時候，眼前竟然出現了「我的孩子」，二十幾年的婚姻頓時不戰而潰。

若不孕的原因是在男方，女方可能也會做出同樣的事。不需要動用到公公的精子，只要稍微出軌一下，捕獲對方的精子，也能說句「我還是想要小孩。我懷了別人的孩子，所以我們分手吧！抱歉！」就把先生拋棄了。

但女方這麼做是有時限的。五十幾歲的男性可以因為還是想要小孩，就搞個私生子出來，但女性若遵循自然法則，就只有在卵子還年輕時才辦得到。

男女一結婚之後，馬上就面臨要不要懷孕而悲喜交集的狀況，我看到這樣的案例時，都會想起《源氏物語》裡的紫之上。

《源氏物語》簡單說來，就是絕代美男子光源氏，愛上一個又一個女人的故事。故事中，光源氏和各種不同年齡、類型的女性都發生了關係，在現代來說的話，就是性愛成癮的人。

但處處留情的光源氏還是有一個最愛，那就是紫之上。光源氏十八歲時，偶然遇見紫之上並一見鍾情，於是把她誘拐回家，調教成自己喜歡的樣子。在現代來說，就是戀童癖再加上綁架犯，但這在當時完全沒有問題，紫之上也在光源氏的細心呵護下長大成人。即使光源氏花名在外，紫之上還是他的最愛。

紫之上不是正室，也沒有孩子。光源氏謫居明石期間，不但與當地的妻子明石之君間有了孩子，竟然還請紫之上代為照顧這個小孩。溫柔的紫之上雖然疼愛這個孩子，但光源氏讓無法生育的紫之上，扶養自己和別的女人生的孩子，仍不免讓人覺得太過殘忍。

當時，女人要生孩子才有價值的觀念，遠勝於現代。在一夫多妻的貴族社會裡，後宮佳麗想要脫穎而出，就必須生小孩。所謂母憑子貴，小孩愈有出息，生下他的女人的後半生，就愈是安穩。

因此，對平安時代貴族社會中的女性而言，生子就是最重大的工作。餵母乳由奶媽代勞，麻煩的育兒工作也有侍女接手，她們唯一要做的，就是把小孩生出來而已。

話雖如此，紫之上就是無法生育，再加上她不是正室，能依靠的就只有光源氏對她的愛而已。

就在光源氏即將四十歲之際，受人之託與貴族之女三之宮成婚。一直以來，紫之上就算不是正室、沒有孩子，仍然覺得自己是光源氏的最愛。但一旦身分顯貴的正室出現，又有孩子的話，自己的立場就會變得岌岌可危。也就是說，光源氏又再度對最愛的紫之上，做出了殘酷至極的事。

故事後來的發展更是悲慘，因為三之宮在成為光源氏的正室之後，竟懷了別人的孩子。《源氏物語》就是這樣一個交織著種種「悲哀」的故事，而其中多數都與「生子」問題息息相關。

不管男人多愛妳，妳就是贏不了有生孩子的女人。作者紫式部之所以能如此冷靜、透徹且露骨地刻畫出這個事實，或許正因為她是女人。她身在平安時代的貴族社會裡，一定親眼目睹了種種有關生子的血淚故事。

生？不生？生男的？還是女的？然後，這個孩子能多有出息？《源氏物語》告訴我們，女人能憑藉生子谷底翻身。同時也深刻描繪出，女人生不了孩子的哀傷、懷孕不被期待時的苦惱。

光源氏在明石當地的妻子明石之君，雖然無法親手把女兒帶大，但女兒長大成人後成為春宮妃，並生下了未來的天皇。明石之君雖然命運多舛，歷經千辛萬苦，但就因為生下一個孩子，讓她成為未來天皇的外祖母，依然被世人稱為是「幸運之人」。

另一方面，紫之上在三十七歲時患了重病，一心想要出家卻得不到光源氏的同意，只能持續與病魔對抗，年紀輕輕四十幾歲就死去。她這一生無法擺脫的空虛感受，絕非只靠光源氏的愛就能彌補。

女人的人生，生子與否帶來截然不同的結果。「小孩」的威力，足以讓愛情這種虛無縹緲的東西，輕易地就煙消雲散。紫式部的這部作品，不斷告誡後世的女人，千萬別假裝沒看見這個事實。

政治與生子

二〇一四年九月，土井多賀子女士與世長辭，享年八十五歲。土井多賀子女士是第一位女性社會黨黨魁，也是史上第一位女性眾議院院長。看到她的訃告，我感歎這是「一個時代」的終焉，而這個時代，就是職業女性和工作結婚的時代。

土井女士終生未嫁，也沒有小孩。革新系女性政治家的先驅市川房枝[8]女士也一樣終生未婚，她在《日本經濟新聞》的專欄「我的履歷書」裡寫道：「我也不是沒有過類似戀愛的經驗，只不過我投身於（女性）運動一事，讓對

8 市川房枝（一八九三年～一九八一年），日本近代婦女運動領導者、政治家，在第二次世界大戰前後致力於日本婦女解放運動。

方有些介意，所以沒有發展下去。畢竟，從男性的角度來看，這種女人與其說缺乏魅力，不如說會使人敬而遠之吧！」而護憲派的土井女士，則被稱為是「與憲法結婚」的女性。

直到不久之前，我們還經常聽到工作成為婚姻絆腳石的故事。精明幹練的職業女性被問到「妳怎麼不結婚呢？」時，「我已經嫁給工作了，哈哈哈！」儼然已成為一種標準答案。

不過近來，社會意識與制度都有所改變，傾全力工作但也結婚生子的女性日益增加。不，應該說，如今工作幹練又結婚生子的人，才會被視為「真正優秀」的女性，否則就淪為「只懂得工作」的女性而已了。

在二〇一四年九月上旬，第二次安倍改造內閣的名單中，也感覺得到這樣的轉變。這次改造內閣的亮點之一，就是起用了五位女性閣員，並列史上最高紀錄。安倍的政治目標之一是「活用女性能力」，而閣員名單就成了最好的示範。

這五位女性閣員分別為總務大臣高市早苗、法務大臣松島綠、經濟產業大臣小渕優子、國家公安委員會委員長山谷惠理子，以及內閣府特命擔當大臣（負責女性活躍、行政改革、消費者與食安等項目）有村治子。這五位的年齡、經歷都各不相同，唯一的共通點就是「已婚」。

也可能她們都是保守政黨自民黨的議員，所以不會出現像土井多賀子一樣「和工作結婚」的人，只會讓人覺得，現在已進入女性不結婚就無法搏上位的時代了。

攤開內閣改造隔天的報紙，我更加確認，光是結婚還不行，女性政治家若不生孩子就無法晉升。因為，在逐一介紹新閣員經歷與人物側寫的欄位裡，有小孩的女性閣員，一定都有關於小孩的介紹。

譬如小渕優子的部分就寫了，「兩個兒子分別就讀小學與托兒所，早上都會和小孩一起早餐，送他們上學之後才上班」；山谷惠理子的部分是，「一男兩女的母親，曾經出版過多本育兒相關的著作」；而有村治子的則是「兩個女兒分別就讀小學與托兒所」。

高市與松島兩位沒有與小孩有關的內容，從前面三位的小孩記載都很詳細判斷，這兩位不太可能是有小孩但沒有特別介紹。而經調查後發現，這兩位似乎真的是沒有小孩。

相對的，關於男性閣員的介紹，有提到小孩的只有防衛大臣江渡聰德，上面寫著「家中有三女一男，卡拉ＯＫ也是拿手絕活之一。」有四個小孩在現今社會也算特殊案例，所以即使是男性仍特地註明。

這樣看來就不難理解，對男性政治家而言，有沒有小孩不是什麼大問題，但對女性政治家而言，小孩是一個重要的加分因素。安倍首相本身並沒有小孩，所以男性政治家的政治手腕，比有沒有為人父更受重視。

但對女性閣員而言，「有沒有為人母」就是重大問題了。報紙上之所以會一一標明是否有小孩，就意味著報社認為這對國民而言是重要的資訊。實際上，當天的報紙刊登了一位東京都內女性讀者的意見，她在看到女性閣員名單後表示，「原來她們在育兒和生活費上也曾經那麼辛苦！」換言之，一般大眾希望閣員是曾經和自己經歷過相同辛勞的女性。

由於並沒有民眾表示，不希望不曾經驗過育兒辛勞的男性擔任閣員，所以可知「經歷和自己相同的辛勞」，是針對女性政治家的特別要求。

當我看到這樣的意見，更加肯定像土井多賀子一樣的人，若是身在自民黨裡，絕對無法晉升。而身為保守政黨的一員，野田聖子之所以一直拚命求子育兒，也是其來有自。

放眼全球，無論是柴契爾夫人或梅克爾總理，在政界的成功女性多半都有小孩。而在鄰國韓國，單身無子的朴槿惠雖然當上了總統，但那是因為她是「慘遭暗殺的前總統之女」，所以歸在聖女貞德路線的特別名額之內。韓國和日本一樣是儒教國家，因此出生率在世界排名也都是墊底的水準，今後的發展也極有可能像日本一樣，從「小孩是稀缺物品」→「有小孩的人比較偉大」→「沒有小孩的女性政治家，不會明白庶民的心情」。

發生在東京都議會塩村文夏議員身上的性騷擾起鬨事件，也明顯反映出女性政治家要有小孩才有身價的感覺。

當塩村議員針對孕婦支援與不孕症問題發言時，周圍的人竟然起鬨說：「早點結婚比較好吧？」聽說甚至有人語帶嘲諷地挖苦她：「妳是不能生嗎？」「等妳自己生了再說吧！」換言之，那些在旁起鬨的男性議員想說的其實是：「妳沒結婚也沒生小孩，有什麼資格在這裡談什麼孕婦、不孕症的。等你生了小孩再說！」

沒有小孩的女性，針對少子化問題發言，這在男性眼裡看來的確很好找茬。但說到少子化的問題，我認為「因為時代因素，想生卻沒生的女性」，或許比「在這樣的時代仍堅持生子的女性」，更懂得原因所在。而這些冷嘲熱諷也清楚反映出一個事實，那就是社會上仍根深蒂固的認為，出生人口之所以無法增加，都是女人的錯。

有小孩的女性議員，在政界的處境比沒有小孩的女性議員有利，是在少子化變成重大的社會議題之後。她們可以告訴選民，會將身為妻子、母親的觀點，活用在政界。對於結婚有小孩的職業女性而言，「身為妻子、身為母親，以及身為〇〇」，是固定的自我宣傳用語（〇〇填入每個人的職業），沒有小孩的女性是無法使用這句話的。「身為妻子、身為母親」的說法是一個固定組合，所以已婚但沒小孩的人，光說「身為妻子，以及身為〇〇」，就顯得不夠強而有力。

若是離婚有小孩的女性，「身為母親，以及身為〇〇」的自我宣傳，則又十分有效。畢竟，在想要展現自己見多識廣時，「母親」這個頭銜遠比「妻子」來得有說服力。

至於不是母親也不是妻子的女性，頂多只能說「我身為女性」。但在安倍首相全力推動女性參與社會之後，這樣的說法已沒有任何宣傳效果了。

這樣的現象並不限於政治的世界，也常見於一般社會。由於工作時間受限等原因，一般對小孩還小的女性員工是敬而遠之；但當小孩長大之後，比起沒有小孩的女性，有小孩的女性卻又因為見多識廣、較為了解部屬心情等原因，而深受肯定。

因此我覺得，今後有更多女性會為了晉升而生小孩。換言之，職業女性將理解到，想要追求更高的職位時，為了展現自己的能力，除了管理能力、語言能力，育兒經驗也不可或缺。

正因為如此，當我聽到土井多賀子逝世的新聞時，才會覺得是「一個時代的終焉」。土井的時代，或追溯到更早之前市川房枝的年代，不考慮結婚生子、全心投入工作的人，周圍的人還會覺得「她和工作結婚了，那也莫可奈何」。當時，職業女性還是少數，如市川和土井般，投身於極具社會意義工作的女性，更是帶有一種「犧牲小我、獻身社會」的使命感。

然而現在的女性，雖然的確辛苦，但只要努力，任誰都能同時擁有「工作、結婚、生子」。

當然，其中也有像我這般，在工作上不像市川和土井，懷抱著獻身社會的使命感，也不為什麼就沒有結婚生子的人。和我同一世代的人當中，這種情況相當常見，但今後，應該有愈來愈多女性並不想和我們一樣，而是期許自己擁有一切，實際上也幹勁十足地同時兼顧三者，並在職場上不斷晉升，輕輕鬆鬆就把我們甩在後頭。

過去在職場上，是有小孩的女性遭受歧視，但今後沒有小孩的女性或許也會受到歧視。換言之，就是認定沒有育兒經驗的女性，一定有什麼缺陷。

但沒有小孩的女性，也利用不需要養育小孩的時間，累積了各式各樣的經驗，並非只有生兒育女才能讓一個人更有深度。

若看著我們的身影，期許自己不要變得跟我們一樣的人增加了，或許就是我們犧牲小我所完成的使命。希望我們身上的「土井遺毒」，多少能為後世帶來一點貢獻。

牌位

我已經快要五十歲了。每次舉辦女校時代的同學會，我都會算一下該年度的已婚率。到了這把年紀，已婚率大概是六成左右；換言之，有四成的人沒有結婚。接下來也不太可能有很多人結婚，所以這數字應該是到頂了。

也因為這樣，我有很多單身的女性朋友，如今也不急著結婚了。甚至覺得「交男朋友的話還可以，結婚就免了吧！」「只想要有一起喝茶聊天的朋友」，幾乎已經進入清心寡欲的境界了。

觀察那些稍微比我小一點，四十出頭的單身女性，都還有想要結婚或是非結不可的心情。甚至有人賭上最後一絲的希望，去參加了婚友社。

這樣的差距源自何處？我想還是小孩吧！像我們一樣年過四十五的人，多半都覺得已經沒辦法生了，自然不會死命地想要結婚。也可以說，我們已經預見現在若婚結下去，接踵而來的就是需要照顧對方晚年的風險。相對的，還沒四十五歲的女性，仍懷抱著一絲希望，再加把勁的話說不定還能生。但時間很明顯的已經所剩無幾，所以才更讓人焦慮。

我們這個年紀的女人，關心的事已經轉向自己的晚年、後事。那些孩子年紀還小的中年人，光是操煩小孩升學和未來的問題都來不及了，但我們沒有小孩好擔心，自然就開始思考起自己的將來。

本來我對於自己墓地的問題，是相當放心的。老家的墓地就在東京都內，父母和祖父母都葬在那裡，我想自己將來也會葬在那裡。雖然可能得麻煩姪女處理一下，但錢的部分倒是可以自己買個保險來因應。

孰知有一天，和一位六十幾歲的男性聊天時，他跟我說：「如果酒井小姐一直單身到老死的話，就沒辦法葬在祖墳裡對吧？」我不懂他的意思，他解釋：「在我的故鄉山口縣，單身的人過世後是不能進祖墳的。」我後來問了幾個同為單身的同學，她們都異口同聲的說：「什麼跟什麼啊！」「當然可以葬在祖墳裡啊！」但問了另一位六十幾歲的單身女性，她也說：「我覺得不能葬在祖墳裡，不是本來就是這樣嗎？」我不死心地繼續追問：「那您過世後要怎麼辦呢？」她瀟灑地說：「啊！大概就是請誰幫我把骨灰撒入大海吧！」

我後來又問了很多人，老家在保守的地方都市，或是一定年齡以上的人，都知道單身的人過世後不能葬在祖墳，或是支持這樣的說法。而中年以下的世代，則多半不知道。於是我這才發現，原來單身的人有可能無法葬在祖墳裡。就算我想這麼做，但只要哥哥拒絕，似乎就沒轍了。

這讓我想起以前在沖繩聽到的事。當時我在沖繩和一位單身女性聊天，她好像也說過單身的人死後不能進祖墳。她還告訴我，在沖繩這還牽涉到トートーメー的問題。

トートーメー是沖繩方言，意思就是「牌位」。日本本土的牌位，通常都是細長型的，上面記載了個人或是夫妻的法名等。但沖繩的牌位不太一樣，是把多個記有歷代祖先法名的小型長條狀牌位內板，收納在一個方形的框框裡，稱為トートーメー。若把日本本土式牌位比喻成獨棟建築的話，那沖繩式的牌位就好像是公寓一樣。

トートーメー由長男繼承，在繼承トートーメー的同時也繼承財產。在只有女兒的家庭裡，由於沒有親生兒子可以繼承トートーメー，所以會由堂兄弟等父系親屬來繼承。但如果連財產也同時繼承的話，又會和法律有所牴觸。因此，トートーメー與財產繼承的種種原則，以及伴隨而來的糾紛，就統稱為「トートーメー問題」。

在トートーメー的相關原則裡，單身女性死後是無法進入祖墳的。閱讀有關沖繩葬禮與儀式的相關書籍可以知道（**順道一提，沖繩當地的出版社數量非常多，書店裡沖繩專區佔地之廣常令我瞠目結舌**），離婚後回到老家的單身女性，死後無法進入祖墳。雖然會另外準備個人牌位，但個人牌位被認為不吉利而且會帶衰一家子，所以不會收進佛壇，而是擺放在廚房西方或北方的小櫃子裡。

那麼不是離婚，而是一輩子都單身的女性，過世後又是怎麼處理呢？我試著尋找答案，但相關文獻上都沒有這種情況的記載。女人結婚後理所當然葬在夫家墓園，除此之外，只有考慮到因故夭折的狀況，但從沒結過婚、一輩子都單身然後死去的女性，似乎完全不在考慮範圍之內。

沖繩自琉球王國時代，就與中國有很深的淵源，受儒教影響的程度遠勝日本本土。在儒教思想當中，讓以家父長為首的家族不斷繁衍下去，比什麼都重要，由於這種觀念非常強烈，才會嚴厲對待離婚回到老家的女性。這個制度或許也具備了抑制離婚的功能。

沒結過婚的單身女性死後，墓地和牌位的問題如何處理呢？為了解開這個謎團，我決定直接造訪沖繩。

那是一個深秋之日，但飛機降落在那霸時，迎面而來的卻是如夏日一般的艷陽天。我搭上計程車，時不時就在路邊看到在日本本土從未見過的龜甲墓[9]。心中不禁感嘆，這片土地上的單身女性，不知道能不能入這個墳啊？

計程車司機大哥非常博學多聞。他告訴我，除了龜甲墓之外，沖繩也有很多破風墓[10]。「還有一種門中墓喔！」他說。所謂的「門中」，是指父親那一方的家族，而集合了家族所有成員的墓地，就稱為門中墓。司機大哥帶我經過附近的門中墓，佔地之廣讓我誤以為是某個富人的豪宅，墓地裡甚至還有前院和中庭。

據司機大哥說，沖繩的人非常重視墓地、法事，就算不是門中墓，一般的墓地也一定有前院，在農曆三月清明之際，全家人會帶著豐盛料理作為供品前往祭拜，掃完墓後就直接在前院一起享用。還有人會演奏三味線或是高歌一曲，所以這一天各處的墓地都好不熱鬧。

「那我想請問一下，單身的女人死後可以葬進祖墳嗎？」我開口問了我最在意的一個問題。「這個嘛！沒辦法耶！」司機大哥緩緩但斬釘截鐵地說。唉～看來傳言不假，但我還是不死心的追問：「那這種人的遺骨怎麼處理呢？」「大概是拿去寺廟裡，請他們代為祭奠吧！」啊！這樣啊～

9 龜甲墓，又稱龜殼墓，是一種墳丘像龜殼一樣的墳墓。常見於中國南方沿海一帶、台灣與琉球群島，但不存在於中國內陸和日本本土。

10 破風墓是琉球群島古代特有的墓地形式，仿造民居而建，一般為高於地面的石室，但不開窗，屋頂呈三角形，兩端伸出山牆之外。最具代表性的就是沖繩的「玉陵」。

在沖繩沒有菩提寺[11]的制度，墓地並不附屬於寺廟。喪禮多以佛教方式進行，但並不拘泥於任何宗派。而單身女性死後這種特殊或令人困擾的狀況，卻是委託寺廟處理。

接著，我造訪的目的地是位於那霸市內的佛具店。在那霸市內的開南區，有一處稱為「佛壇街」的地方，聚集了很多的佛具店。我到處閒逛時，果然發現了ートーメー。

這是我第一次看到トートーメー的實物，有一種比較小型的是，從正面看過去由三塊牌位內板組成（從後方放入）；另一種比較大型的是，分成上下兩排，可以放進幾十人份的內板。據說這種類型的牌位，先生會放在上排，太太的則放在下排。

第一次買牌位的人通常一開始都是買小型的，後來才愈換愈大。

此外，在清明等傳統禮俗活動中，用來擺放供品的套盒或是提盒，都很熱賣，還有用琉球玻璃、壺屋燒[12]等材質製成的相關佛具，這也是很具沖繩特色的地方。

忽然，我看到了陳列架最上層的角落，有一個細長型的「一人牌位」。我頓時恍然大悟，這或許就是離婚後回到娘家的女性用的牌位。不知道是不是因為得放在廚房的小櫃子裡，所以才變得那麼小。

我在佛具店裡「一人牌位」的位置上，似乎窺見了單身女性在儒教社會裡的處境。

架上主要的部分，都陳列著華麗耀眼的トートーメー，外框是採用螺鈿[13]或蒔繪[14]等精細工藝的漆器，內板的部分是紅色的。上下兩排式的更是有一種威風凜凜的感覺。

相對的，被悄悄放在角落的一人牌位，都是樸素的單色系，沒有任何裝

11 菩提寺是日本一種寺廟的種類，家族代代都皈依該寺，並將祖先遺骨埋葬在寺內，祭拜等法事也都在寺中進行。
12 壺屋燒，是指沖繩縣那霸市壺屋地區或讀谷村所燒製出來的陶器。
13 螺鈿，是一種在漆器或木器上鑲嵌貝殼薄片或螺螄殼的裝飾工藝。
14 蒔繪，是在漆器表面以漆描繪紋樣圖案，趁未乾時散灑金銀等金屬粉末，使其附著於漆器表面的技法。

飾，看起來弱不禁風、無依無靠。

日本有句俗諺說「女人三界無家[15]」。結了婚的女人，死後可以進夫家的墓地、和丈夫在同一個牌位上，也算是有個安身之地。但單身女性死後就得流離失所。這趟關注單身女性死後之旅，我想還會持續一陣子。

15 女人三界無家是借用中國佛家的說法，三界原指包括在慾望、有形、無形等領域中的所有存在。日本引用後套上更實質的含義，用來指女人的「三從」即「在家從父，既嫁從夫，夫死從子」，而在這「三從」所涵蓋的過去、現在、未來三界當中，女人都無安身之所。

「女始祖」與「冥婚」

我為了了解單身女性死後是否能進祖墳與「トートーメー（牌位）問題」而造訪了沖繩。在佛具店裡看見無依無靠的「一人牌位」後，似乎明白了單身女性在沖繩死後的處境。

讓我們再複習一次，沖繩的トートーメー，也就是所謂的牌位，與日本本土一人一個或夫妻共用一個牌位的方式不同，是將整個家族全部集中在一起祭拜的公寓式牌位。單身女性死後無法納入家族牌位，只能把個人牌位視為例外處理。

根據相關書籍指出，這種牌位稱為「低佛壇」，絕大多數都是另外安置在廚房西側或北側的小櫃子裡，而不是放在家中佛壇上祭拜。（《一目瞭然！沖繩的葬禮、法事與牌位　燒香與トートーメー》，麥社）。

為什麼單身女性死後不能放上家中佛壇祭拜呢？因為「會招致噩運」。單身女性死後的牌位稱為「イナググワンス」。以家父長制為基礎的トートーメー有四大禁忌，其中之一就是「イナググワンス」。其他三項分別為：

・「他系混入」，沒有父系血緣的人，變成養子或入贅女婿繼承牌位。

・「壓制嫡子」，只要有長男，無論有什麼理由，次子以下的人都不能繼承牌位。

・「兄弟重疊」，兄弟姊妹不能放在同一個牌位裡祭拜。次子以下的人要分家出去，另外創建一個以自己為第一代的牌位。

與以上各項並列為禁忌之一的「イナググワンス」，就是「女始祖」的意思。根據波平惠理子的著作《トートーメー的民俗學講座》（トートーメーの民俗学講座，**Border Ink**），「イナグ」就是「女性」的意思，而イナググワンス的禁忌，就是指忌諱繼承由女性做為第一代始祖的牌位。終生未婚的女性，或是離婚後回到娘家沒有再婚的女性，死後就會被當作女始祖祭拜。至於單身女性死後是否能進祖墳的問題，在沖繩各地也有不同的意見，但「不能進」的說法與トートーメー問題是相同的根源。

《一目瞭然！ 沖繩的葬禮、法事與牌位 燒香與トートーメー》，是一本有關沖繩喪禮、法事與牌位的指南書。在法事盛行、規則也嚴格的沖繩，這一類書籍如雨後春筍般出版，而且都相當暢銷。指南書裡非常淺顯易懂、直言不諱地寫到，「在沖繩，女性不該終生都留在家中，應該在夫家終老，和丈夫一起被視作夫家的祖先祭拜。」此外也寫到，「因此未婚或離婚女性死後，並不適合視為イフェー（注：牌位）來祭拜。」換言之，如果觸犯禁忌的話就會發生不好的事。

沖繩果然對單身女性很嚴厲啊！我後來有一個機會可以親自拜訪《トートーメー的民俗學講座》作者波平惠理子老師。波平老師非常開朗，我抱著最後一絲希望問她：「關於單身女性死後能否入祖墳，以及牌位如何處理的問題……」雖然老師的回答是「未婚女性死後應該也能進祖墳」，但加了一個「但書」是，「女性出嫁在沖繩是一個大前提啊！」我緊接著追問：「但總是有人到死都單身對吧！這種時候該怎麼辦呢？」老師回答：「女始祖的牌

位在家放太久的話會不吉利，所以有時候可能會舉行『グソーニービチ』。」

「グソー」是來世的意思，而「ニービチ」是結婚，グソーニービチ就是在來世結婚，即所謂的「冥婚」。也就是說，就算死後，都要想辦法把會替家族招來厄運的女始祖嫁出去。

冥婚主要的對象是，女性離婚後沒有再婚就死去的女始祖，但也不是跟誰都能結。老師說，通常是與前夫在來世再婚。我驚訝的問：「老師您說的是在現世已經離婚的夫妻？由前夫那邊回收前妻的牌位……」「當然，如果前夫後來再婚，可能就沒辦法了。但如果是前夫已經過世，孩子願意接受的話就沒問題。畢竟是自己的母親啊！」

冥婚成立的話，不僅是牌位，連遺骨也要一起移到前夫家的墓地裡。如果是整個家族在一起的門中墓，通常會先洗骨[16]再合葬。因此，女始祖的遺骨由於將來還有可能會舉行冥婚，所以會先放在瓦罐裡，以方便隨時取出。也就是說，即使死後也處於待嫁的狀態。

「但是，如果前夫家拒絕冥婚……」

「這樣的話，就會寄放在寺廟裡了。」

如前所述，離過婚的單身女性，死後的牌位被供奉在廚房的櫃子裡，但那是一個沒有去處令人困擾的牌位，如果放太久了還會為家裡帶厄運。所以單身女性死後對家裡而言，就是一個麻煩人物。

我想，如果死後會遭受這樣的待遇，沖繩的女性想必會拚了命地結婚，對於離婚也會猶豫不決吧！然而，觀察沖繩的終生未婚率，男女都在全國前五名之內，離婚率也是全國最高。看來墓地和トートーメー問題對沖繩的單身者而言，不但沒有成為結婚的動力，也沒有抑制離婚的效果。

波平老師說，由於社會環境的變化，現在的年輕人已經不知道這些禮俗了。熟知法事等禮俗的祖父母輩都漸漸過世，愈來愈多人得靠看書才懂，這也是相關指南書會如此大行其道的原因。畢竟，人都是到了意識到死亡問題

---

16 洗骨，是指在舉行過土葬或風葬之後，用海水或酒清洗骨頭再度埋葬的喪葬儀式，常見於東南亞、沖繩與鹿兒島縣奄美群島。

的年紀之後，才開始認真地思考墓地等問題。

這種對於習慣與禮俗的意識，在沖繩也慢慢開始有所變化。據說，有人因為覺得門中的交際很麻煩，所以不去參加親戚間的聚會，或是儘量不和親戚往來。牢固的門中組織，透過血緣的連結，發揮了守護家族與個人的功能，但另一方面，這樣的關係也讓某些人備感壓力。

波平老師還有另一個身份，那就是「長男的媳婦」。我問她，辦法事之類的一定很辛苦吧？她說：「是啊！一辦法事家中就川流不息，會有將近五十位親戚來家裡。他們的餐點，全都是我親手準備的喔！不過有很多人幫我，而且準備五十人份的食物，是很難得的經驗對吧？所以才有趣啊！」她真的是個很正面的人。聽她這麼一說，我想起在沖繩的超市裡，的確有看到會讓人誤以為是商家在用的巨大鍋子，聽說那就是在辦法事時準備大量餐點用的。

不過，據說最近愈來愈多人不自己準備，而是改買現成的食物。我搭車在沖繩四處閒晃時，的確看到很多餐廳都掛出了「內售前菜拼盤」的廣告，據說就是為了法事等場合，特別設計的外送餐點。

「沖繩的法事的確辛苦，其型態不斷改變也是理所當然，但看到現代人不看指南書就一無所知，或是原本的地區或家族特色，因指南書而變得均一化，或是禮俗本身已經消失等變化，身為一個沖繩人還是不免覺得失落。」

身為民俗學者、沖繩長媳，波平老師的多重身份，讓這種種觀點在她身上融合存在。

確實遵行傳統禮俗習慣、崇敬祖先，是沖繩的文化。但另一方面，如女始祖等關於トートーメー的禁忌，卻逐漸不再符合現今時代的潮流。雖然這些規定嚴格的禁忌，都是為了子孫後世的繁榮，但因少子化、晚婚化、不婚化等時代趨勢，不僅造成不得不由女性繼承トートーメー的局面，甚至可能面臨無人繼承トートーメー的問題。

波平老師表示，譬如在只有女兒的家庭，雙親過世之後，佛壇就交到女兒的手上。但按理女兒無法繼承，只是保管而已，最終還是要由堂兄弟，或是從堂兄弟等男性來繼承，這是一直以來的習慣。而近來，女性也能繼承トートーメー的趨勢，在沖繩已經成為一個社會問題。

琉球王國自古以來的父系＆長男絕對主義、女性出嫁主義，都是受到中國儒教思想的強烈影響。此外，波平老師也造訪過位於各處的聖地「御嶽[17]」，她說當建造村落的人過世之後，就會葬在御嶽的山裡。因為村落創始者的身份被神格化，人們到御嶽朝聖就如同祭拜祖先。所以トートーメー和御嶽之間，或許也有關連。

有關トートーメー的四項禁忌和墓地的問題，都是為了後世繁榮而建立起來的制度。但制度與時代之間，似乎漸漸產生分歧。那麼現在生活在沖繩的人們，又是如何解讀這些問題的呢？請看下一節。

17「嶽」在琉球神話中，是指神存在或來訪之處，也是祭祀祖先的地方。御嶽，是指在琉球信仰當中聖地的總稱，用來進行祭祀的場所，在各地有不同的稱法，後由首里王府定名為御嶽。

傳統與現實之間

有一天我突然發現，我也是保管家裡牌位的人。雖然我上有兄長，但基於種種原因，我仍住在老家，所以供在老家佛壇上的祖先牌位們（因為是日本本土，牌位會有好幾個），就由我負責照料。

雖然我不是「繼承」了牌位或佛壇，但由我而非長男來負責照料，按沖繩的禮俗來說，大概也是非常不吉利的事吧！而且，如果我死了，勢必會變成「女始祖」。最近身邊發生一大堆狗屁倒灶的事，該不會就是因為是我在照料佛壇所造成的……？

我愈是深入了解沖繩的トートーメー問題，就愈是這麼覺得。那實際上生活在沖繩的單身女性，對於這個問題又是怎麼想的呢？我為此採訪了兩位在那霸市工作、四十幾歲的單身職業女性。

在沖繩縣內大型企業工作的A小姐和B小姐是朋友，兩人都沒結婚。

「在沖繩，跟我們同世代的人當中，雖然不乏單身的人，但沒離過婚的算是少見耶！」

「對啊！對啊！一說自己是單身，對方就會問：『那離過幾次婚？』我說我沒結過婚，對方還『誒～』地大吃一驚。」

從兩人的談話中，不難發現沖繩的離婚率不愧是日本第一。

「我聽說在沖繩，單身女性死後不能進祖墳。那兩位對於墓地的事是怎麼想的呢？」對我的問題，身為三姊妹中長女的A小姐回答：

「我們家都是女孩子，按理來說，應該是沒人繼承トートーメー的。但將來如果父母過世了，還是得由姊妹裡的某一個人來繼承……正確地說，是『保管』トートーメー吧！如果親戚裡有人覺得不妥，可能就要再想別的辦法。

「老實說，因為現在父母都很健康，自然還沒想到墓地或トートーメー的問題。自己身邊，也沒有人因為可能進不了祖墳或トートーメー，就覺得

非結婚不可。或許要等到父母過世，不得不考量死的問題時，才會意識到墓地之類的問題吧！」

B小姐說：「我也還沒有認真思考過這些問題，不過我認識的單身朋友中，有人因為聽到父母說，一直不結婚的人，死後不能進祖墳，反而看得更開。覺得比起煩惱墓地的事，不如活著的時候過得充實一點，所以還買了房子呢！我自己的話，死了之後，大概就是請人把我的骨灰撒在大海裡吧！」

的確，前述的案例只是部分家庭的狀況，也有些單身的人死後是葬在祖墳的。不過，對於沒有小孩，也就是沒有後繼者能照料墓地的人來說，把骨灰撒入大海，不需要掃墓，也算是一個不錯的方法。B小姐接著又說：

「但是啊！我去問了一個靈媒，她說：『那些把骨灰撒在大海裡不能成佛的人可麻煩了，全都跑到我這裡來了！』」

根據《沖繩大百科事典》，所謂的靈媒就是「在神靈附體等狀態下，能與超自然的神靈、死靈等直接接觸、交流，在此過程中獲得通靈能力，並藉此執行天啟、占卜、治療疾病等行為的巫術、宗教工作者。大部份為女性。」也被稱為「知事者」、「神之子」等。B小姐還告訴我：

「我們稱那些具備靈媒體質的人為『天生サーダカ』，生來就具備強烈的『サー』，也就是通靈能力。

「我們這個世代的人，會去諮詢靈媒的人雖然不算多，但還是有。有些人則是在有困擾或煩惱時去買靈媒。對了！去找靈媒我們叫做『買靈媒』。」

也就是說，雖然生活中不難接觸到靈媒，但信不信則是因人而異。

據說，家裡一旦發生什麼不好的事時，很多靈媒會說，是因為家裡供奉牌位的方法不對。單身女性死後葬進祖墳或是入了家中佛壇，後來家裡發生事情去找靈媒商量時，她們多半也會說是因為觸犯了禁忌。

B小姐說：「沖繩的文化與精神世界密切相關。而且，現世與來世緊緊相鄰，來世感覺就近在眼前。」

A小姐和B小姐兩人，這一世在工作上都盡心盡力，也過著充實的單身生活，但她們也沒有因此就否定了沖繩的傳統價值觀。B小姐說：

「無論是墓地或是牌位，我們都很珍惜沖繩的文化；但另一方面，自己現在的生活也很重要。這兩者之間的確有些糾葛，對於自己沒結婚也沒生小孩，還是感到有些抱歉。」A小姐也對此表示贊同。

在前一節登場的「長男的媳婦」波平老師，雖然對於自己擔任的角色樂在其中，但在沖繩，職業女性要同時兼顧事業與長媳的工作，據說是非常辛苦。

「我的朋友，她媽媽是長媳，法事的時候非常忙，她還特地請了有薪假回家幫忙呢！」

「總之，女性的負擔非常重。或許因此才有那麼多人離婚吧！因為長男非常受重視，很多都不能嫁啊！」

兩人嘴上雖然這麼說，但最後還是表示想把傳統料理之類的傳承下去，正反映出她們身處傳統與現實之間的身影。

我後來也訪問了一位五十幾歲，在沖繩出版社任職的C先生。他的父母都出生於離島，他本人則是在那霸出生的長男。他說：

「我有小孩，但是是沒有去登記的事實婚[18]。」

原來如此。有人雖然身為長男，卻不要求伴侶扮演「媳婦」的角色。

「我也是嫌這些禮俗什麼的很麻煩，所以盡可能能省則省。啊！畢竟沖繩的長媳真的是很辛苦啊！我有一位女性朋友嫁到沖繩島南端的系滿，而且還是長媳，當地可是以門中關係緊密聞名，她說第一次過盂蘭盆節時，她整整三天都在炸天婦羅，後來實在受不了，就離家出走了。」

我忍不住追問：「那後來呢？」

「後來在婆婆和親戚的魔鬼訓練之下，現在可是當仁不讓的長媳，還做了自己的秘笈呢！」

這位女士將來一定也能成為一位出色的婆婆吧！

C先生還說：「我們公司也出了不少關於法事的指南書，都很暢銷。現在沖繩愈來愈多從各處來的外地人，或許還是需要一些準則作為參考吧！這些書放在家具店或糕餅店裡寄賣，通常都賣得很好。換句話說，就是結婚或辦法事的時候會需要。

「在沖繩，家族或親戚是以トートーメー為中心聚集在一起。在這一層意義上，トートーメー的存在也是有好處的。不過，今後無論是トートーメー或是墓地，都會慢慢有所改變吧！或許有一天女性也能繼承トートーメー了。トートーメー做為凝聚家族的象徵，只要能順利發揮作用就好，對吧！」

C先生也希望沖繩的傳統與現在的生活，可以和平共處。

「トートーメー就好像是靈界的介面一樣。亡者的マブイ，也就是『靈魂』在來世，因為有トートーメー，祖先得以和活著的人連結在一起，我覺得有這樣的系統也很不錯。」

聽說C先生的姑姑就是終生未婚，死後的遺骨果然交由寺廟代為保管。C先生說：「但我覺得放進祖墳也完全沒有問題。不如我來放吧！」

---

18 事實婚，指具備婚姻關係的事實，但沒有登記的婚姻狀態。在日本，通常用來指相對於法律婚（登記婚）的概念。在廣義上，與日本舊有的「內緣關係」有重疊之處，但事實婚尤其是指當事人積極、故意選擇在不登記的狀態下共同生活，與因社會環境因素而無法提出結婚登記（如情婦或第三者）的「內緣關係」有所區隔，所以事實婚也稱為「選擇性事實婚」或「自發性內緣」。

就如同這些訪談中反映出的一樣，沖繩的墓地與トートーメー問題，看來也會開始隨著社會現況有所調整吧！

訪問結束之後，我造訪了那霸的「識名靈園」。這個公墓離市中心很近，以東京來比擬的話，或許類似青山墓地的感覺。但和青山墓地不同的是，識名靈園裡的墓地都是水泥或石製小屋造型，也就是所謂的「破風墓」或「家形墓」。在佔地廣大的墓園裡一字排開時，與其說是墓地，倒比較像是長屋[19]。據說在清明之際，可以看到墓地前停滿車子，大家聚在一起熱鬧用餐的畫面。

看到這個畫面，就更加深深覺得沖繩的墓地是屬於「家」的。在日本本土，有很多個人墓地會刻上「夢」或「和」等逝者喜歡的文字，這對傳統觀念很重的沖繩人來說，可能難以置信吧！

在當地報紙關於墓地的特別報導中記載著，有些人就算想選擇把骨灰撒到大海的自然葬，或是覺得可以取消家族墓，也因為萬一被島上的人知道了會被排擠，甚至不敢告訴自己的父母。因為墓地的另一個機能便是，作為強化家父長制的象徵。

我想，雖然墓地和牌位的形態不同，但即使在日本本土，過去也一定存在過相同的問題。因地區和年代的不同，本土也有些人認為單身者死後不能進祖墳，家父長制也遠比現在嚴格。過去也存在於本土的問題，在經過不斷討論與研究後，如今正在沖繩的土地上上演著。

但在與A小姐、B小姐和C先生聊過之後就會發現，在沖繩確實出現了新的想法。當單身、無子的人愈來愈多，就算在沖繩，葬禮與供養祖先的方法，應該也會隨之出現變化。

而A小姐、B小姐和C先生，也沒有全盤否定傳統。他們在重視傳統的同時，試圖探索出符合現狀的做法，相信他們這些努力的成果，一定能為本土的我們帶來新的啟示。

19 長屋，是日本集合住宅的型態之一。多為一層樓的平房（近年來開始有兩層樓），好幾戶住宅橫向相連，共用牆壁，分別有自己的出入口。其必要條件是各戶的玄關直接與外界相連，不與它戶共有。

邁向一人死去的時代

在京都嵯峨野的常寂光寺裡，有一個名為「女人碑」的石碑，上面刻著市川房枝女士的題字，「女人獨力生活，於此祈求和平」。

這個石碑是在一九七九年，由「女人碑之會」所建造。日本有超過兩百萬的年輕男性，死於第二次世界大戰，這也意味著許多年輕女性因此沒有對象可以結婚，結果造成大量的女性孤老終生。

「女人碑」的籌建緣起上寫到，「其數據說高達五十萬人。當時的社會，女性要獨力謀生相當困難，而這些女性都胼手胝足地走了過來。如今，我們在此留下終生孤老女性的『證據』，衷心希望傳述後世、引以為戒，戰爭慘禍不再重演。也期待此紀念碑，能成為今後獨力生活女性的傳承地。」

第二次世界大戰的殉難者多半出生於大正時代（一九一二~一九二六

年）。再加上根據戰後的統計，出生於大正時代的男性，人口本就明顯少於女性，所以那個世代的女性，很多是一輩子單身。

隨之而來的就是墓地的問題。以大正世代的觀念來說，死後就是要進祖墳。女性的話，一般就是由孩子把母親葬進婆家的墓地。但因戰爭而被迫單身的人無法比照辦理，所以這個石碑除了是祈求和平的象徵外，也是單身終老女性的共同墓地。

這個「女人碑」的出現，可說是在思考單身女性身後事方面，扮演了先驅的角色。除了石碑之外，還成立了「女人碑之會」，中心成員好像都來自因戰爭而單身的女性所組成的「單身婦女聯盟」（已於二〇〇二年解散）。

讀到「期待此紀念碑，能成為今後獨力生活女性的傳承地」這句話的時候，我對於前輩們還能顧及後世獨力生活的女性，不勝感激，但仔細想想，當時隸屬單身婦女聯盟的女性，與現代的單身女性，在立場上是有著天壤之別。

「女人碑」世代的單身女性，本來是能結婚的，但因為結婚對象為國捐軀而不得不單身，或許可以稱她們是婚前丈夫就去世的「婚前未亡人」。要不是因為戰爭，她們本來可以結婚生子、頤養天年的，她們無疑是社會的犧牲者。

相對的，在太平盛世的現下，單身男性不會因為戰爭搞得一個不剩。但大量的單身男性和單身女性，卻原地不動、毫無交集，不知為何的就維持著單身、無子的狀態。

常有人說，現代人是因為經濟考量才無法結婚，但戰時或戰後的貧困匱乏，根本是現在無法相提並論的。儘管如此，當時的人們都結婚了。所以現在人不結婚，不只是經濟的因素，也絕不是用「都是社會的錯」這樣的理由，就能把責任轉嫁出去的。

「女人碑」世代的單身女性，應該沒想到晚輩們竟會是這副模樣吧？她們大概是覺得，就算戰爭結束了，也一定會有一些女性因為各種原因不得不孤老終身，為了讓這樣的女性能夠安心渡日、死去，就來建造這個碑吧！

現代的我們並不是「不得不」單身，和「女人碑」世代並不一樣。此外，我們和因為接觸了婦女解放運動或女權運動而主動選擇單身的世代，也不一樣。

實際上，「女人碑」世代與下一個世代之間，似乎有著緊密的合作。曾經出版過多本有關單身女性書籍的松原惇子女士，和以她為中心的NPO組織，在東京的墓地內建造了名為「獨力生活女性之碑」的共同墓地。據說，此舉便是受到「女人碑」極大的影響。

「女人碑」下一個世代的女性，繼承了「女人碑」的精神，現在仍發起種種有關「一個人終老」的行動。為單身女性建造的共同墓地，不是僅有「獨力生活女性之碑」一處而已；上野千鶴子女士也提倡活用在宅醫療、訪視看護、友人網絡等方式，來實現「在家終老」的可能性。關於喪事、埋葬等問題，也接二連三出現許多不受傳統束縛的個性化作法。

在我們上一世代單身女性的努力之下，「一個人終老」的環境因素，已經有了很大的變化。之前，我考察了沖繩單身女性死後無法進祖墳的案例，但另一方面，思考該如何一個人死去的趨勢，已在全國逐漸普及。

NHK前些日子播出了一個節目，名為「單身高齡社會　為『一個人終老』做準備　你呢？」節目中介紹了一些NPO組織，能為單身高齡者提供各種相關服務，包括健在時，提供住院保證人與確認日常生活的平安，罹患失智症後的指定監護事務，以及葬儀、撿骨、各種手續等後事的處理等，的確讓人感受到時代已經有所變化。

說我們這個世代是佔了上個世代努力成果的便宜也不為過。和一些無子族朋友聊天，因為都還不到覺得自己馬上會死的年齡，所以似乎也沒認真思考過死亡的問題。他們都異口同聲表示，「身後事怎麼處理都無所謂。」「隨便請個誰把骨灰撒在海裡就好，不過這也挺麻煩的，其實直接當作垃圾丟掉也無妨，反正也沒奢望死後能有人祭拜。」

當家父家母過世時，我才深切體認到，原來小孩的存在就是為了替父母送終。隨之浮現腦海的想法就是，「那我該怎麼辦呢？」

以前，報紙的「詩壇」專欄曾經登過這麼一首詩，「罹癌之日終明白，夫妻者，即是誰為誰送終。」按常理推論，由於女性平均壽命較長，所以在夫妻加小孩的家庭中，最常出現的模式應該是太太、小孩為先生送終，接著是小孩為被留下的太太送終。而無論夫或妻，最後能送終的就是孩子了啊！

但無子族就算結婚了，也沒有人能為最後被留下來的太太（或先生）送終、送葬與祭拜，自然就產生了「那該怎麼辦？」的問題。

有一位本身是獨子的無子族朋友對我說：「你還算好的，至少還有姪女不是嗎？」但說實在的，要把負擔強加在明明不是自己養大的姪女身上，總覺得於心不忍。畢竟，送終或是舉辦葬禮等事，所需付出的心力非比尋常，也只有對自己的父母才能做到。我這個只不過是三等親的姑姑，實在是沒辦法對她說：「那我的後事也拜託你了！如果方便的話也要掃墓喔！」

所以，我們這個世代的無子族，也不好都依賴前輩，是該認真思考死前死後種種的時候了。因為戰爭而終身孤老的「女人碑」世代，以及其後基於自我意志選擇單身的世代，都用各自的方式為一個人死去做準備，為我們開了路。如今，一般人對於「一個人終老」，仍抱持著某些刻板印象，譬如「可憐的孤獨死」，或是「有錢、有行動力也有支援網路，幹練無子族的計畫死」。但今後勢必有愈來愈多的無子族漸漸老去，一個人終老也將變成理所當然，所以，所有人都必須能夠一個人好好的邁向人生終點。

我認為，最理想的社會應該是，不管是像我一樣的無子族，還是有小孩的人，都能在沒有小孩送終、處理身後事的狀態下，一個人安心的走。有小孩的長輩們，最常掛在嘴邊的就是，不想給小孩添麻煩、要死得乾脆，不要拖拖拉拉。

不想給姪女添麻煩也就罷了，自己辛苦拉拔長大的孩子，在臨終之際稍微麻煩他們一下應該不為過吧？我甚至認為，不就是為了這個才把孩子養大的嗎？但對有小孩的人來說似乎並非如此，正因為疼愛自己的孩子，所以才不忍麻煩他們。

而且有小孩的人，也不見得和孩子的關係都很好。若親子關係不佳，又想要有人替自己送終，就不得不看小孩的臉色，小孩再怎麼蠻橫不講理，有些長輩就是連哼也不敢哼一聲啊！

所以，若是這世界變成任誰都能一個人安心死去的話，有子族就不會有這方面的擔憂了。如果任誰在臨死之際都能自主的話，高齡者不論有沒有小孩，都可以在精神上感到平靜才是。

日本一直以來都維持著穩固的家庭制度，所以照護、送終、葬禮等與死相關的事宜，都是在家門之內解決。但看到沖繩的案例就能理解，無法進入傳統家庭制度中的人，就得承受死後變得很麻煩的壓力，使得女性為了自己將來也能安心死去，只好承擔起處理家人後事的重責大任。

一九七八年的厚生白皮書，針對（當時）日本三代同堂比例之高，有以下的記載。「多代同堂是我國在公共福利上的『隱性資產』（Hidden Asset）」換言之，爺爺奶奶的照護、送終、死後佛壇的祭拜、掃墓等，都因為有免費全職負責家事的「媳婦」在處理，所以才無需借助國家的力量。默默免費工作的媳婦勞動力，被形容成是「國家的隱性資產」。

但如今，都會區裡哪裡還有三代同堂的家庭？不再有人選擇嫁到大家庭裡，因為不想被當成免費的長工兼苦力；況且媳婦的立場非常難為，讓下意識逃避結婚的女性不斷增加。隱性資產也就煙消雲散。

如此一來，是時候該動用國家資產，擬出讓所有國民都能一個人終老的政策了。家庭制度的扭曲，讓所有重擔全都落在媳婦身上，導致媳婦這個角色消失，如今也只能讓一直以來都倚賴「隱性資產」的國家，代為肩負起這項大任了。

現在，或許正是邁向「任誰都能一個人安心死去時代」的過渡期。在陸續經歷因為戰爭而失去結婚對象的時代、女性為了進家族墓地而必須拚命做白工的時代、合作建造共同墓地的時代之後，會是什麼樣的時代呢？我突然發現，原來死亡也是一項實驗啊！

日本的收養事宜

我們經常可以看到一些好萊塢明星，收養好幾個孩子，讓他們和自己的親生孩子一起長大成人。兄弟姊妹間可能有亞洲人、非洲人或是高加索人，各式各樣血統的臉孔，反倒營造出一種名門貴族的氛圍。即使不是好萊塢明星，收養小孩在歐美國家也是相當普遍的行為。

但在日本，卻不常聽到有關收養小孩的話題。知名藝人或名人雖然會在網路上鉅細靡遺的分享養育親生小孩的狀況，卻沒有人在網路上公開自己領養小孩的新聞。連在自己生活周遭，也都很少聽到這方面的消息。我想當然也有人收養小孩，只是這方面的訊息在日本都不太公開。

在日本有關收養的話題，最讓人記憶猶新的，就是二〇一四年播放的連續劇「明天，媽媽不在」（明日、ママがいない）。故事發生在育幼院，由

童星芦田愛菜飾演被棄置在嬰兒郵箱[20]，所以綽號「郵箱」的主角。其他幾個角色包括，因為母親用鈍器打傷男朋友遭到逮捕，而被送到育幼院的「鈍器」；因為家裡貧窮而被送到育幼院的「窮貧」等等。他們都擁有來自複雜出生背景的荒誕綽號，第一集播出後，就收到很多觀眾抗議，紛紛表示「郵箱這個綽號實在不妥」、「育幼院員工的言論太過分了」，甚至發展成社會問題。

劇中，育幼院裡的孩子都夢想著能早日離開，被好人家收養。他們為此擬定了周詳的作戰計劃，並彼此合作，雖然途中也遭遇危險，但他們仍舊堅忍不拔地生存下去。

在劇中出現的想要收養孩子的夫婦，不是有點變態，就是有虐待傾向。或許從懸疑劇營造氣氛的角度來看，這樣的角色設定有其必要，但已經或想要收養小孩的人看了，應該都會覺得不舒服吧！劇中孩子們積極的人生態度雖然令人印象深刻，是個動人心弦的故事，但也讓人感受到，在日本對於收養小孩的印象，還是遠比歐美國家來得沉重、陰鬱。

想要小孩，卻因為種種原因沒有或無法擁有小孩的人，不管是模模糊糊，還是清晰明確，一定都思考過收養小孩這個選項。但是如前所述，收養小孩在日本給人的印象實在不怎麼明朗、正面，也很少被視為一個可以輕鬆閒聊的話題。

歐美人士始終樂於主動幫助有需要的人，對於把亞洲或非洲的可憐孩子帶往自己的美好世界，更是不遺餘力。因為他們認為，富足的人對這樣的事要義不容辭。

相對的，日本則是非常重視血緣的社會。身為養子這件事本身，似乎就會被認為「很可憐」。

話雖如此，日本也還是有人想要收養小孩。我的一位朋友，是單身職業女性，據說過去就曾經想過：「收養小孩或許也是個方法。幸運的是我有充

20「嬰兒郵箱」是一種容器或場所，讓因為某些理由而無法繼續養育嬰兒（通常是新生兒）的家長，能匿名地將嬰兒放置於其中，由特定人士前來收取並照顧。

分的收入，白天可以請褓母來家裡。」但她說，單身的人好像不能收養小孩。

我想她指的是「特別收養制度」。日本的收養制度分為兩種，「特別收養制度」指收養六歲以下，也就是還沒懂事的孩子，並視為親生孩子一般扶養。另一種則稱為「普通收養制度」，可以基於想要有人繼承財產或房屋等理由而收養，對象沒有特別限制，甚至可以是大人，或是同性伴侶之間，由較年長的一方收養較年輕的一方。在戶籍資料的記載上也不相同，特別收養制度會登記為「長子．長女」，但普通收養制度則是「養子．養女」。

在演藝圈唯一會頻繁出現並公開談論收養話題的，就屬歌舞伎圈了。譬如現在非常受歡迎的片岡愛之助，並非出身歌舞伎世家，而是一般家庭，後來被片岡秀太郎收養。此外，以扮演旦角出名的故．六代目中村歌右衛門，也收養了中村梅玉、中村魁春兩位養子。當然，以上的例子都可推測是普通收養，因為在所謂歌舞伎的世界裡，必須有人繼承家業所致。

要成為特別養子的養父母，原則上希望要在二十五歲以上，並且當孩子成年時在六十五歲以下。換言之，養父母的條件也建立在雙親要能一起好好將小孩扶養成人的前提上。

特別收養制度又與寄養制度不同。所謂的「寄養制度」是指，為因故無法由親生父母養育成人的小孩，提供暫時性家庭式照顧的制度。由於對寄養家庭沒有年齡或配偶方面的限制，所以有些人會先嘗試投入寄養，作為特別收養的準備；或者夫妻倆都五十幾歲了，親生小孩已長大成人，所以想為受虐等情況特殊的孩子做點事；還有一些人是因為單身無法特別收養，所以投入寄養的行列。

我也曾經沒來由地覺得，收養小孩好像是個不錯的選擇。但實際了解收養制度之後才明白，首先，單身者不可能收養視同親生小孩的養子，也理解到即使是已婚的人，若非有徹底的決心，也無法輕易做出這個決定。畢竟，要為小孩的一生負責，這責任之重大可不是開玩笑的。

我曾經看過某個有關特別收養制度的紀錄片。片中介紹了在民間提供收養媒合服務的團體，以及他們的工作內容，並介紹了一位高中女生的故事。她因遭受性侵而懷孕，在無法告訴任何人的狀態下，肚子一天比一天大，大到無法接受人工流產，只好生下小孩。她的小孩經由特別收養制度，由已有一個小孩的夫妻收養。

但接踵而來的問題是，該不該告訴這些孩子，他們是養子與他們被收養的原因。還有，如果要說的話，該怎麼說。

多數的養父母都會如實和孩子說明他們養子的身分。但如果是性侵受害者非自願懷孕生下的孩子，是否也要告訴他們這個事實呢？雖然，收養了這位高中女生產下的嬰兒的養父表示，所有一切他們都會好好的和孩子說明，我卻認為沒必要做到這種程度。關於這個問題，各方仍有許多不同的意見。

片中還訪問了另一位女性，她一直不知道自己是被收養的，直到叛逆期強烈違抗父母，父母把收養的文件摔在她面前，她才終於知道自己其實是養女，也萌生了想要尋找親生父母的念頭。

所以收養子女這件事，真的不能用「好像也不錯」這種輕鬆心情來思考、決定。即使是寄養，如果只是想讓沒有嘗過家庭溫暖的孩子，有個美好回憶，或是想要體驗養兒育女的感覺，也絕對做不來。

幾年前我曾經一個人照顧當時五歲的姪女一整天。當時我真的是精疲力竭，深切領悟我照顧小孩的極限或許只有兩個鐘頭⋯⋯。對於一個長年以來都過著安逸單身生活的人來說，突然且完全不熟練的「育兒」任務，實在是太過沉重了。

最近，我聽說一位朋友透過特別收養制度，收養了一個嬰兒。這對夫妻結婚好多年都生不出孩子，在深思熟慮後終於做出決定。聽到這個消息的無子族們，無論結婚與否，都紛紛表示「真了不起」、「他們好勇敢」。因為在日本，收養孩子還是一件很「特別」的事啊！

尤其已婚無子的人在聽到這件事時，心中更是五味雜陳。「我們當然也知道有收養這個方法，但直到目前為止，周遭還沒有人收養過孩子，所以一直覺得反正沒有孩子的夫妻多得是，沒什麼好擔心的⋯⋯然而，聽到真的有人成功收養了孩子，又會覺得我們這樣下去真的好嗎？」

前些日子我讀了一本書，叫做《來當我們家的孩子吧！某漫畫家的寄養父母入門書》（うちの子になりなよ　ある漫画家の里親入門，古泉浩

智）。如書名所示，作者是一位漫畫家，書中詳述了他們夫妻兩人費盡時間與金錢接受不孕症治療，仍無緣懷上孩子，於是接受訓練成為寄養父母、照顧小孩的始末。

漫畫家夫婦在接回嬰兒之後，每天的生活都充滿了愛，慶幸自己成為寄養父母的心情溢於言表。但譬如在嬰兒便便的時候，作者仍會因為眼前的小孩不是親生的，而非常擔心自己要是因此討厭這個孩子該怎麼辦？

這本書寫出了寄養父母最真實的心聲，對曾經考慮過收養或寄養的人來說，非常具有參考價值。

我讀完這本書之後，深深覺得若是大家能更輕鬆地談論這方面的事，該有多好。如今，家庭的形態變得更為多樣化，譬如「夫妻」，有的有小孩、有的沒小孩；有的是第一次結婚、有的是再婚；還有些伴侶雖然沒有正式的婚姻關係，但現實生活上幾乎等同於夫妻；甚至有些是同性的伴侶。我認為，如果不管是收養或是寄養家庭，都不再被視為特殊案例的話，「家的型態不只一種」的感覺就能隨之普及，所有的家庭也都能稍稍鬆一口氣吧！

虛擬親子體驗

在拙作《敗犬的遠吠》中，曾經提到「ＢＪ單身日記」（Bridget Jones's Diary）、「艾莉的異想世界」（Ally McBeal）與「慾望城市」（Sex and the City）是「世界三大敗犬故事」。三十幾歲的我，把ＢＪ、艾莉、凱莉的人生與自己的對照，發現原來不分國籍，世上真的有這樣的人，而深受鼓舞。

三大敗犬故事的結局，主角有的結婚了、有的沒結，但「艾莉的異想世界」的主角艾莉，最後竟然有了小孩。但她並不是結婚後生下小孩，而是某天突然有個十歲的小孩來到她眼前，自稱是她的孩子。

原來，是靠著艾莉多年前捐贈的卵子而生下的孩子，原本一起生活的父親因意外過世，只好來投靠艾莉。現實生活中當然不會發生這種狀況，但最終艾莉還是接受了這個孩子。

不曾生過小孩，但基因上的親生女兒卻突然出現，這對一個單身的職業女性而言，或許再理想不過了。因為很多人覺得結婚、懷孕或生產很麻煩或是很困難，但還是想要小孩。

譬如作家田辺聖子[21]，她與一位有小孩的鰥夫「咔魔咔大叔[22]」（カモカのおっちゃん）結婚，她在自己的散文中，形容這種已經養育到某種程度的小孩為「半成品」。感覺上，她認為有一個半成品狀態的小孩，好像也不賴。

艾莉的故事也一樣，某一天一個十歲、「半成品」狀態的孩子突然出現在眼前，而且還不是別人的小孩，而是親生的。這對生產育兒會造成空窗期，不利於工作發展的職業女性來說，或許可說是一種非常幸運的狀況。不知是不是受劇情影響，飾演艾莉的卡莉絲塔．佛拉赫特（Calista Flockhart）拍完連續劇之後，在單身的狀態下領養了小孩（**後來和哈里遜福特結婚，是好萊塢知名的老少配**）。

看到這樣的案例，自然會覺得「這樣好像也不錯耶！」但如上一節所言，在日本單身者基本上無法適用特別收養，像連續劇一樣，明明沒生卻冒出一個親生孩子這種事，根本就是天方夜譚。

無子族都覺得在現實生活中要有小孩，就只能先努力找到一個對象，接著懷孕、生產。但因為種種因素，這些事都有一定的難度。於是他們很容易採取的一種替代行動就是，經由經濟上的支援，體驗虛擬親子的心境。舉例來說，在PLAN JAPAN等NGO組織的系統下，透過與特定兒童的信件往來，讓資助人（認養人）體驗到虛擬父母的感覺。

我在三十幾歲的時候，也曾經參加這一類的活動。一開始參加的原因，用一句話來說明，就是抱著一種「贖罪的心態」。換言之，自己當時的年紀早該生兒育女了，所以想藉由經濟上援助別人的小孩，多少減輕一點自己毫無作為的罪惡感。

21 田辺聖子（一九二八年～），與山崎豐子齊名，並列為日本大阪文學兩大女流作家。作品以戀愛、成長小說為主。

22 「咔魔咔」為日本傳說中專噬咬嬰兒的妖怪，因咬起來咔茲咔茲聲大作而得名。

此外，當然也有一些想為別人做點什麼的心情。年輕的時候，總是只想到自己，但成熟之後，自然而然會有一種想為他人付出的欲望。生了小孩的人，正好能藉由育兒充分滿足這個欲望，但無子族卻無法這麼做。為了保持精神上的平靜，為了獲得「對某人有貢獻」的真實感受，其中一個方法就是幫助那些不幸的小孩。觀察我的身邊，無論結婚與否，很多無子族都參與了這種援助活動。

我後來決定幫助亞洲或非洲的小朋友，並透過ＮＧＯ組織寄信件與小禮物給他們。對方也會寄來小朋友的照片，或是由當地職員報告小朋友的近況。這種一對一的交流，都為無子族的心靈帶來了或多或少的安寧。

我甚至曾經去寮國拜訪過我的「孩子」。不過，並不是我自己熱切盼望一定要造訪，而是ＮＧＯ方面的提議。我覺得除此之外，好像也不太有機會去寮國，所以就答應了。

我當時資助的小朋友，住在寮國的小村落裡。訪問計劃是我到該村落住上兩晚，和小朋友們交流。由於日本沒有直飛寮國，所以我在曼谷轉機後抵達寮國首都永珍。隔天一早轉搭汽車（**寮國幾乎沒有國內鐵路**）前往，寮國基本上很少有柏油路，路上還會遇到悠閒漫步的牛。在經過約莫七個鐘頭的車程後，終於到達目的地。

一開始去訪問的是小學，由於我曾經捐書給該小學，所以受到小朋友們的熱情歡迎。場面之盛大，簡直讓我誤以為自己是黑柳徹子，實在令人害羞。

我也見到了我資助的小女孩。她的父親已經過世，她和媽媽、奶奶住在一起，是個害羞的孩子。村裡沒有水也沒瓦斯，她得用扁擔去河邊挑水回家，也是個很勤奮的孩子。

當地村落裡的生活與日本有著天壤之別，但我卻沒什麼不適應的感覺。可能是因為村民的輪廓很接近日本人，所以到處都是似曾相識的面孔。加上他們篤信小乘佛教，性格都很溫和，和日本以寺廟為中心形成聚落的特徵頗為相似。糯米和各式配菜也都很合口味，我一點也不想念日本的食物。

雖然他們安排我住在村落裡相對富裕的家庭，但同樣沒水沒瓦斯，因此也沒有廁所和浴室。高床式住家的陽台，同時兼客廳與餐廳，有屋頂但沒有牆壁，我就用睡袋睡在開放空間裡。

隔天早上，隨著日出醒來。村裡不僅是人，連貓、狗、豬、雞都自由的來來去去，只要某人升起火來，人和動物就一起圍過來。

如果我知道遠古前的日本是什麼樣子，或許會把這村落裡的生活，形容成是「像過去的日本一樣」。而我並不討厭這樣的生活。

我甚至開始疑惑，這樣的生活真的能稱得上是「貧窮」嗎？村民們的現金收入遠低於日本，物質上不充裕，基礎建設也不完善，我曾說想把我照的照片寄去給他們，但據說當地沒有郵政制度，所以沒辦法寄。

但是他們在食物方面能自給自足，也不會被時間追著跑。小朋友隨意四處跑來跑去，一點都不用擔心發生交通事故。若問我這裡的孩子和緊抓著電動玩具搖桿不放的日本小孩，誰比較幸福，我還真回答不出來。

的確，挑水對小孩來說是重度勞動，從河裡取來的水也不衛生，所以基礎設施應該要有；有些孩子為了幫忙分擔家計，沒法上學，讓他們接受最基本的教育，也是必要的。

不過，看到他們絕對不能說是「不幸福」的樣子，心中不由得湧現各式各樣的問題。現代化的生活要進步到什麼程度才好？孩子們獲得愈多知識、累積愈多經驗，真的就愈幸福嗎？多數村民甚至沒去過首都永珍，但在佛祖的保佑之下，他們總是笑容滿面地過著安穩的生活。

我問學校的女老師：「這村子裡有人結不了婚嗎？」她想都沒想就回答「沒有」。女性到了差不多的年紀，就都結婚生子了。村民們看我，大概會覺得「這個日本女人，一把年紀了還單身、不生小孩，卻資助別國的小孩？要不要自己先生個小孩再說？」

那裡儼然是一個女人理當生兒育女的世界，而日本過去也是如此。過去日本的父親們認為女子無才便是德，拒絕讓女兒接受高等教育，認為女人的本份是結婚生子，知識和教育只會造成阻礙。

過去日本父親的擔憂，並非杞人憂天。現在日本的少子化，都是因為高學歷、豐富經驗、經濟能力強的女性，不再生孩子所造成的。

但她們不是「不生」，而是「不能生」。受過良好教育、具備經濟能力的女性，不太受男性的歡迎。周圍的環境也沒有完善到，讓女性可以毫無後顧之憂地兼顧工作與生兒育女。若理解生孩子之後將面臨的辛苦生活，再加上要找到能讓自己懷孕的對象本身就非常困難，當然會有愈來愈多女性「不能生」。女性普遍受高等教育也能維持出生率的，全都是男女平等思想很徹底的國家。

過去日本的父親或許也明白這個道理。他們的邏輯應該是，日本的社會系統並沒有柔軟到讓受教育的女性也能輕鬆地生兒育女，而且這種狀態很難輕易改變，所以女性不需要接受教育。

我資助的寮國小女孩說，她將來想當醫生。問了當地的小女孩，絕大多數都說想當醫生或老師。但如果全部的小孩都接受高等教育，成為醫生或老師的話，所有年輕人都會離開村落。他們在都市受到種種刺激之後，自然再也不會想要回到家鄉了。

曾有人主張，GNH（Gross National Happiness，國民幸福總量）比

GDP（Gross Domestic Product，國內生產毛額）更為重要，我坐在寮國小村落的地上，也思考著這個問題。我帶著「想為可憐孩子做點什麼」的高姿態來到這個村落，卻發現他們看起來其實很幸福，或許還覺得我們生活在冷冰冰的都市叢林裡，不生孩子也沒有信仰，怎麼還活得下去？

連自來水都沒有的寮國小村落，以及明明連自來水都可以生飲卻要買礦泉水的我，所謂「剛剛好的幸福」，是哪一方呢？還是存在這兩者之間的某一點呢？我的心中還沒找到答案。

沒有小孩的男性

「有小孩之後，才真正成為獨當一面的大人」，仔細追究就會發現，很多時候這個論點還是針對女性而言。畢竟，生孩子的是女性，養兒育女的經驗似乎可以讓女性有大幅的成長。此外在日本，育兒的男性至今仍被另眼看待，甚至特別為他們冠上「育兒男」的稱號。換言之，應該由女性負擔育兒工作的意識依舊強烈，再加上「育兒就是育己」，所以女性的育兒經驗愈豐富，似乎愈能成為更好的人。

而且，自從出生率觸底以後，近來展現生兒育女的經驗……不，正確來說是展現「生兒育女的自己」，儼然成為一股風潮。當上媽媽的偶像們無一不在部落格上分享寶寶經。若每天都接觸這樣的資訊，一般女性自然會萌生一種「我也得生」的心情。

因為好像大家都在生的緣故，女性世界裡正引發一場生兒育女的小小熱潮。不過，出生率並沒有因此激增，日本仍處於少子化的危急存亡之秋。

我嘗試思考背後的原因，發現「男性不想要小孩」是十分重要的因素。還有晚婚化的問題也一樣，絕大多數的女性都想結婚，也想有小孩，但就算有固定交往的男性，對方不想結婚或不想要小孩的狀況，也是所在多有。偏偏，日本在討論晚婚化或少子化問題時，幾乎都只談到女性的問題，男性該如何如何的觀點，經常付之闕如。

連續劇裡也經常出現這樣場景。

女：「我好像懷孕了……」

男：「嗯……你該不會說你想生吧？」

女：「你這是什麼話？我當然要生啊！這是老天爺賜給我們的寶貴生命啊！你不是說想一輩子都跟我在一起嗎？都懷了孩子，你當然會跟我結婚對吧！」

其實早已另結新歡（老闆千金）的男人，被逼得走投無路，不自覺地就掐住了女人的脖子⋯⋯。

對女性而言，只要一不小心流露出想結婚、想生小孩的心情，不僅和對方的關係有瞬間崩壞的風險，甚至可能成為危及性命的關鍵字。如何讓一聽到結婚生子話題就退縮的男性不腿軟、套牢他們，已成為女性的重要課題。以年輕女性為目標讀者的雜誌，也天天都在傳授什麼樣的打扮、妝容、行為舉止，才不會讓自己想結婚生子的貪欲被識破。

當然，也有一些奇葩男性，願意對沒有懷孕的女友說：「我想要妳的孩子！我們結婚吧！」但遺憾的是，這種人畢竟是少數，而且這種善男總是早早就和適合的信女結婚了，幾乎不會出現在一般市場上。

其實，經由女方的努力，真的結婚、生下了小孩，男方還是會疼愛孩子的，但他們一開始就是不願積極和女方締結法律上的關係，或是不想要小孩，這究竟是為什麼？簡單用一句話來說，「沉重」或許是一切的答案。但這份「沉重」裡頭到底包含了什麼？我試著詢問身邊無子的男性們。

果不其然，最多的說法就是「我本來就不喜歡小孩」。小孩又吵又髒，身上特有的乳臭也讓人討厭……然後就在不覺得「想要」的狀態下長大成人。

單身沒有小孩的男性則說：

「目前我還是想要過以自己為中心的生活。」

「不想因為小孩妨礙了自己想做的事。」

「就算有交往的對象，如果對方說了類似『想要小孩』的話，就會馬上想要抽身。」

都是些「不出所料」的意見。

有一次，我和一位四十出頭的單身男性聊天，問他對於今後要一直這樣一個人生活下去，會不會感到不安或焦慮。結果他說：「完全不會。」他還泰然自若地說：「一個人也不覺得寂寞，今後已不再是養兒防老的年代了吧？這麼多人都沒有小孩，能夠好好『一個人終老』的制度，應該也會愈來愈完備吧！」

男女同樣到這個年紀，感覺卻是大不相同。女性就算不是那麼喜歡小孩，也沒有特別想生，約莫在三十五歲到四十五歲之間，還是會有一陣子感到十分焦躁，煩惱著「如果要生的話，差不多是最後的機會了。我該怎麼辦？」

卵子會老化，不久後老天爺提供的卵子，也就是排卵會停止，正因為如此，女性都會有「我該怎麼辦？」的時期。但男性在理論上來說，至死為止都能提供精子，所以他們才能即使沒有孩子，仍若無其事地度過中年時期。

一位四十二歲的男性說：

「都這把年紀了才要結婚生子，也太辛苦了吧！所以我幾乎不考慮生小孩這件事了。不過，和有小孩的女性再婚或許可行。如果有人認為不生小孩的人真是不像話，而要求我們繳納無子稅的話，我可是很樂意的。」

我同時訪問了一位已婚沒小孩，也不曾接受不孕症治療者的意見。這位四十六歲的男性，結婚十二年，沒有小孩，老實說算是討厭小孩的人，也不想積極地求子。

在已婚男性的世界裡，有沒有小孩似乎還是有所差別。他說：「有小孩的人，總是很愛炫耀小孩或是育兒的辛勞，他們既不看書也不看電影，話題說來說去都離不開孩子，有限得很。還有，不管邀他們做什麼都說沒錢，所以我們會去的店不一樣，也玩不在一起，自然而然就疏遠了……不過，對方也一樣吧！一定也覺得我們這群沒有小孩的人，『就是個小孩』吧！」

女性之間很常見的模式是，原本很要好的朋友，因為其中一方生了小孩，生活模式遽變而疏遠，看來男性的狀況也差不多，因為有小孩而受到的影響也不小。

那麼對於「沒有小孩」產生的自卑感又如何呢？已婚無子的女性中，很多人都對明明結婚了卻沒小孩感到自卑，或是覺得有所缺憾。我試著問男性同樣的問題，結果他們的回答是「完全沒有這樣的感覺」，因為工作上並不會因為沒有小孩就不能晉升，所以也不曾想過收養小孩之類的問題。果然，有小孩才覺得自己完整、獨當一面或是有成就感，似乎還是只發生在女性身上。

甚至，當時間愈來愈緊迫時，有些女性會覺得不結婚也沒關係，但至少要有個小孩。事實上，我的確聽過有些女性因為接近生產的最後期限，但沒有男朋友也沒有結婚的跡象，於是向親近的已婚男性朋友求助：「我只想要你的精子，能不能和我上床？」當然，若真的因此懷孕，絕對不會要求對方領養小孩或是提供任何援助。

相對於此，男性就完全沒有這方面的困擾。孤陋寡聞如我，還從沒聽說過單身男性因為不想結婚卻又想要小孩，而拜託女性幫忙的案例。既然生孩子的是女性，小孩對男性來說，基本上都屬於「事不關己」的領域。

結婚這個行為也一樣，女性之所以結婚，很多都是因為想要小孩。在非婚生子女不如法國普遍的日本，要生小孩得先結婚的觀念依舊強烈。

但男性的這個意識則是相對薄弱的。雖然有些令人意外，但多數男性是因為想和對方在一起才結婚的，小孩只是結婚的結果。一般常說女人比較現實，男人比較浪漫，沒想到就連在結婚動機上，也觀察到了類似的傾向。

如此浪漫的男性不想要小孩，或許也是理所當然。因為所謂的生兒育女，就是日復一日替小孩張羅吃喝、把屎把尿，沒有喘息的「現實」。對愛作夢又細膩的男性而言，這或許是太過艱難的生活。而且現今社會，男性也要協助育兒工作的壓力較以往大，有了小孩之後，男性的生活也一樣會變得很辛苦。

對生小孩不積極的男性，較重視內在的浪漫或純真。女性因為懷孕，可以透過身體，實際感受到自己的領域被小孩鯨吞蠶食，但男性卻無法如此，他們只能在腦海中想像，結果愈想愈害怕。

換句話說，這就是「自戀」。我訪問的幾位無子男性，都異口同聲地說，「討厭不能做自己想做的事」、「沒小孩的男人，包括我自己在內，很多都活在休閒愛好的世界裡」，不希望小孩攪亂了只屬於自己的領域。

光是我認識的人之中，沉浸在那些沒完沒了的愛好當中，譬如喜歡鐵道模型、古典音樂或是蒐集物品的人，很多都沒有小孩。而且，就算沒有小孩，他們也不痛不癢、不自卑也不抱撼的樣子。

當然，也有男性同時擁有自己的興趣與小孩，其中不少人雖然有了孩子，仍無法捨棄自己的嗜好，於是埋頭其中，看都不看太太一眼，最後導致家庭失和。

這麼說起來，明確宣示不希望想做的事被打擾、不想要孩子的男性，似乎才是會為他人著想的人。有個非常熱衷的嗜好，但也不知為何就是想要戀愛、做愛，不知不覺就結婚，對太太也沒擺過壞臉色，結果還生了孩子，但最後卻是太太臭著一張臉，一個人在帶小孩。兩者相比之下，哪一種更好呢？

考慮到少子化的解決方案，或許很多人會說，那就叫重視愛好的男性也生小孩啊！但魚與熊掌都想兼得的時候，往往會在意想不到的地方露出破綻啊！

精子和尊嚴

希望懷孕的男女，性行為頻率正常且不特別避孕的情況下，一年之內沒有懷孕，醫學上就會認定為「不孕症」。換言之，多數的男女在婚後一年內就懷了孩子。

有小孩的人之所以愈來愈少，原因之一就是不孕的問題。我身邊也有一些人為了治療不孕症經常跑醫院。但不孕症是很敏感的問題，相信有許多人曾經接受治療，卻沒有告訴過旁人。

過去一說到不孕症，都會認為是女方的問題。在醫學不夠發達的年代，生不出小孩的太太會被稱為「石女」（**真的是很誇張的稱號。當然，這在現在已經構成歧視**），並被趕回娘家。為了這些煩惱不已的女性，靈驗的「送子」神社寺院或是「送子溫泉」等等，應運而生。

我曾經造訪以送子靈驗聞名的神社，門口的名產店裡有賣所謂「送子糖」。仔細一看不由得大吃一驚，因為插在竹籤上的是，幾乎和實物大小一樣的陽具造型糖果。聽說是要舔這個糖果，把精子吸收進體內以增進「孕氣」之類的。我買了幾個當做整人玩具，送給幾位單身的女性朋友，不用說，大家都覺得簡直就是惡搞。

在以送子聞名的溫泉，有時女湯裡也設有陽具形狀的石像。果不其然，據說也是要你撫摸石像，然後趕快去捕獲精子。在泡湯池旁邊矗立著這樣的石像，似乎光是泡溫泉就可以懷孕了。但我想到以前的女性，一邊泡溫泉一邊摸著這個石像的心情，不禁悲從中來。

在只能仰賴神佛或溫泉求子的年代，生不出孩子當然是女人的錯。求子神社的名產，不會賣女性陰道形狀的糖果給男性；在求子溫泉裡，也不會立有女性陰道形狀的石像。因為世間都認為，是女性捕獲能力太差才生不出孩子。過去應該有不少女性，無論怎麼和丈夫交合也懷不了孩子，被當作石女，但和丈夫以外的人交合後馬上就懷孕，還佯裝不知情地告訴丈夫說：

「我懷孕了！」

隨著醫學進步，已經證實不孕的原因也可能出在男性。其實更正確的說法應該是，不孕的原因男女各佔了一半。

不知道是不是我的錯覺，我覺得最近已很少看到以求子為號召的神社或溫泉了。不孕已不再是只靠女人努力就能解決的問題。而且，為不孕所苦的人該去的地方，不是神社寺院也不是溫泉，而是醫院。求神拜佛的時代已經結束，進入了仰賴醫學治療的年代，而求子神社似乎也都轉型為求姻緣的地方了（**這方面還有求神保佑的空間**）。

如今這個年代，只要到醫院檢查，就可以客觀診斷出不孕的原因是出在男女哪一方，還有究竟是什麼問題。但麻煩的是，人心卻難以冷靜客觀的看待診斷結果。

舉例來說，我認識的一對夫婦，兩人一起檢查後，男方被診斷為無精症。據說當時只有太太一人去聽檢查結果，而她覺得先生實在太可憐了，所以決定不要告訴先生實話。最後，她說問題出在自己身上，說自己是不容易懷孕的體質。

我當時真的不敢相信自己的耳朵。現在這個年代，醫生連癌症都可以輕鬆告訴患者了，竟然還有人連無精症都要隱瞞，還把錯攬在自己身上。這就是所謂「給男人面子」嗎？要是我，我可是做不到的啊！

另外一對夫婦正好相反，同樣是兩個人一起去檢查，太太一人去聽結果。結果太太很爽朗地說：「其實是我有點問題，但這樣好像欠對方一個人情一樣，感覺很差，所以我就故意說：『因為你的精子有點少，所以不容易受孕喔！』啊哈哈哈！」

無論如何，直接告訴對方「不孕的原因在你」，或是坦率承認「不孕的原因在我」，都是非常微妙的情況。所以我覺得，既然兩個人一起去檢查了，也一定要兩個人一起去聽結果。

尤其是男性，當原因出在他身上時，似乎就會覺得被視為「不完整的男人」，因而自尊心受創，所以必須特別小心。（**不知道是不是**）自古以來，不孕一直被認為是女人的錯，所以當男性發覺原因是自己時，格外受到衝擊。

就我所知，日本的名人當中，唯一公開這種男性不孕問題的，就是搖滾歌手 DIAMOND☆YUKAI[23]。YUKAI 在《沒種。》（タネナシ。講談社）這本書裡，赤裸裸地紀錄了自己的無精症，以及透過人工授精直到懷了孩子的每一天。

搖滾歌手這個身分往往給人很威猛的印象，所以要昭告天下自己「沒種」，著實需要一番勇氣。讀過這本書之後，不僅會明白男性在心靈上受到的衝擊，也能了解人工授精的真實面貌。

我身為女性而且沒有小孩，對於「沒種」這件事對男性而言會有多震驚，其實不太能感同身受。沒有精子又不會致命，根本不痛不癢，默默地接受就好，真的有需要那麼激動嗎？

---

23 DIAMOND YUKAI（一九六二年～），日本搖滾歌手、演員，本名田所豐。一九八六年十月以搖滾樂團 RED WARRIORS 主唱的身份出道。

不過，讀了這本書之後，我理解了這個衝擊的嚴重程度。書上寫到，當醫生告知是無精症的時候，「我勉強裝作鎮定，一邊點頭一邊聽著醫生的說明，但其實太過震驚，眼前一片漆黑。」「雖然知道自己不是什麼好東西，但怎麼也沒想到竟然是連種都沒有的廢物……身為男人的事實遭到否定的屈辱、覺得自己沒出息的憤怒，還有對太太的愧疚…，所有負面的情緒全都攪在一塊兒，在心中形成一個巨大的漩渦。」

精子的有無與「男性」的自我認同，似乎有非常重大的關聯。的確，也有些女性在停經之後，會覺得自己不再是女人而無精打采，這世上好像就是有人會把「擁有具生育能力的肉體」，視為證明自己是男人或女人的根據。

這裡寫「好像」是因為，我個人並沒有這樣的感覺。我其實並不明白，為什麼有些女性在停經之後，就變得多愁善感，哀嘆自己不再是女人。所以我很容易就脫口對她們說：「咦？怎麼不是女人呢？戶籍上寫的是女性對吧？」對於無精症的男性，也會直言不諱地說：「別說什麼『原來我不是男人』這種感傷的話啦！難不成你想要我安慰你：『沒關係。就算你沒有精子，也是貨真價實的男人喔！』之類的嗎？」結果更傷害到對方所謂的尊嚴。

YUKAI應該也一樣，一旦被宣告「沒有精子」之後，身為男人的自信立刻搖搖欲墜、岌岌可危了。書中寫到，他甚至覺得「被宣告失去了做人的資格」。

但我一方面又覺得，這或許才是正確的反應吧！如果說生物最基本的任務就是繁衍生命，當面臨無法生育的事實時，覺得自己失去身為人的資格而意志消沉，似乎比毫不在乎，只覺得「是喔？原來還有這樣的狀況啊！」來得更有人性一些。

於是，YUKAI又接受進一步的檢查，結果發現是「阻塞性無精症」（Obstrutive Azoospermia），表示睪丸仍有製造精蟲的能力，只是輸送精蟲到外面的通路阻塞了。當醫生把針刺進睪丸（啊！）內取精，YUKAI看到精子活潑好動的畫面時，幾乎想要大喊：「我不是沒種！我也是男人！」果然，精子的有無與男性性別的確立，是息息相關的⋯⋯。

醫生從YUKAI的睪丸取出精子，從太太體內取出卵子，進行體外受精，再把受精卵植回太太體內。經過這樣的治療後，如今YUKAI已是三個小孩的爸爸，似乎也充分享受到擁有家人的幸福。

這樣的書對暗中煩惱男性不孕問題的人來說，可以帶來一些共鳴和安心感，「原來不是只有我這樣」、「原來檢查和治療是這樣的」。女性的不孕經常被討論，但關於男性的不孕，不知道是不是因為被解讀成是一種「重大缺陷」，所以往往沒有公開。在這樣的環境下，這本書更顯得難能可貴。

的確，女性朋友的談話中，有人會願意分享不孕治療的辛苦，但男性友人一起喝酒時，卻極少人能夠輕鬆說出，「我前陣子去檢查，發現原來我沒種耶！」或是「醫生把針刺進我的睪丸裡」之類的話。為了與他人交流，女性並不抗拒揭露自己比較負面的一面，但對於男性而言，尊嚴仍舊是最大的阻礙。

考慮到男性與不孕的關係歷史尚淺，這樣的狀況似乎也理所當然。不過，今後若有更多男性能夠輕鬆宣告自己沒種，也未嘗不是一件好事。

「試管嬰兒」一詞剛出現時，人工授精被視為不得了的技術，但如今已經極為普遍了。所以，不孕症治療本身，也愈來愈能被輕鬆看待吧！

同時，隨著醫學的進步，也勢必面臨不孕症治療該做到什麼程度的問題。小孩是「上天賜予的寶物」，所以應該遵循自然法則隨緣就好嗎？還是只要有辦法就不擇手段追求到底呢？或許結婚前就需要取得這方面的共識。

正因為小孩現在已經成為珍貴物品，煩惱才更沒有盡頭啊！

兩極化的多子族

日本的二〇一四年總出生率，是睽違九年之後再創新低，低至一．四二。日本的總出生率，自從二〇〇五年以一．二六觸底以後，由於進入了第二次嬰兒潮的生育期，所以一直呈現微幅增加的趨勢。但這兩年，第二次嬰兒潮也脫離了生育期，於是出生人數降到史上最低，人口的減少幅度也是史上最大。

媽媽明星們雖然在部落格展現她們努力育兒的樣子，職業女性的世界裡也掀起了兼顧工作、婚姻、小孩才算厲害的風潮，但放眼整體社會，生子的趨勢仍舊低落，這究竟是怎麼回事？很多人連一個都不生是原因之一，但就算結婚了，很多人「只生一點點」的事實，也壓低了出生率。

當我聊到這個話題時，有些人的反應是「沒這回事。我身邊生三、四個小孩的人還蠻多的喔！」但仔細追問那些人的背景，就會發現他們都是有錢人。在上流社會裡，聚集了「相當多」這一類型的人。在社會貧富差距不斷擴大的現代，愈來愈多人覺得不花點錢細心培育，小孩將來就無法幸福，所以能夠同時擁有好幾個堪稱是「奢侈品」的小孩，無疑是生活寬裕的證據。

總出生率，就是平均每一位女性一生當中所生孩子的數量，一・四二這數字代表了在現今日本，有兩個小孩已經算是生的「比較多」的了。我有一位朋友生了三個小孩，孩子還小時，每個人見到她都會說「有三個孩子一定很辛苦吧！」她都不知道該怎麼回應比較好。

因此，若有四個小孩，那散發出來的可就完全是一種「非比尋常的感覺」。我有一位男性朋友有四個小孩，大家暗地裡給他取了一個綽號叫「精子先生」。大概是因為他給人的感覺，除了經濟能力在平均水準之上，在這個無性生活的時代還能有四個小孩，體力多半也異於常人。

回溯到大正時代即將結束的一九二五年，日本的出生率據說高達五・一一。當時嬰幼兒的死亡率也高，為了確實留下子孫，是必須生很多小孩。

就在第二次世界大戰開始的那一年，為了增強國力，政府提出了著名的口號「增產報國」。但戰爭期間年輕男性都上戰場去了，出生率自然較低。戰爭結束後隨即進入了嬰兒潮，一九四七年的出生率為四・五四。

「四個孩子」在那個年代一點也不稀奇。但隨著日本經濟成長，「生兒育女很辛苦，不如生少一點，細心扶養長大」這個在全世界普遍可見的現象，也同樣出現在日本，兩個小孩變成最一般的狀態。接著在不知不覺當中，「生兒育女很辛苦」的感覺變得太過強烈，加上其他種種理由，出生率一路下滑至今，完全無法遏止。

所以，現在只要一有人說「我有四個小孩」，一般的反應就是「哇！那可真是有錢人吶！」放眼演藝界，不少人生養了很多小孩，像是堀智榮美（七個）、谷原章介（六個）、藥丸裕英（五個）以及橋下徹（七人）等。雖然這數字有些是包括了結婚對象之前的孩子，但電視機前的觀眾多半依然覺得，「果然是有錢人啊！」

然而，除了「很多小孩＝上流人士」的公式外，我們對多子家庭其實還有另一個看法，那就是「很多小孩＝有點奇怪」。而這樣的感覺，全都是受到電視節目的影響。「大家族奮鬥記」之類，貼身跟拍多子家庭的實境秀節目，一直都有固定的粉絲群。除了已經結束的「超級奶爸奮鬥記」（Big Daddy）系列外，過去還有渡津家、石田家、青木家等好幾個大家族，都各由不同的電視台製作了專屬的節目。

類似「大家族奮鬥記」的節目之所以開始流行，或許是因為一九七六年，媒體大篇幅報導了鹿兒島的五胞胎一家人。那個年代，「兩個孩子恰恰好」已是非常普遍的狀況，一口氣產下五個小孩，自然值得大書特書。

約莫就從這個時期開始，日本電視圈裡出現了一種「多子大家族最理想」的氛圍。在第二次世界大戰之前或剛結束之際，一家有五個小孩是非常一般的景象，也不具任何報導價值；但在少子化社會裡，「多子大家族」就成了罕見的現象。而我們看待這些多子大家族，就好像在看介紹和大量動物一起生活的大彈塗魚先生[24]（ムツゴロウ）一家的節目一樣。

就算不是五胞胎，各家電視台也開始播放多子大家族的實境秀節目，其中最有名的就是Big Daddy林下清志一家人。夫妻吵架、手足紛爭、離婚、再婚、搬家……，家中成員多，喜慶與麻煩也多，這就是大家族的樂趣。不僅如此，在林下一家裡，Big Daddy本人也與其他大家族實境秀的當事人有些不同，因為他具備了明星特質。麻煩發生的時間點或內容也妙不可言，自然牢牢抓住了觀眾的心，一下子就成為熱門節目。

為什麼大家族實境秀會成為熱門節目呢？除了「稀奇」之外沒有別的理由。和藝人明星的多子家族不同，大家族實境秀的主角通常都面臨了經濟困境。一大家子擠在一間小房子裡，有時連吃飯都有問題，或是爸爸突然沒了牙齒什麼的，讓活在現今社會的我們不由得瞠目結舌、跌破眼鏡。

單純只是經濟困頓的家庭，並無法做成電視節目，但有很多小孩這一點，就能理直氣壯的作為節目的題材。若孩子們還小，還能塑造出一家人雖然窮困，但快樂開朗的形象。看到孩子們一起分享有限的食物，有些人甚至會覺得有很多小孩也不錯。

若是這樣的話，大家族實境秀在深受少子化問題之苦的日本，應該有促進多產的宣傳效果，讓人覺得還想生更多才對。但實際上，不太有人會因為「看到渡津家的樣子，我也想要生很多孩子」，或是「看了Big Daddy之後，我也想讓老婆多生幾個」。在大家族實境秀流行的時代，反而是出生率下降的時代。

大家族實境秀為什麼沒有激起大家對家庭的憧憬呢？這是因為，在出生率一．三或一．四都不到的現代社會，有十幾個孩子的人看起來就是「有點怪」。藝人或明星等名人型的多子大家族，小孩雖多，也不會多到二位數。而且，他們在經濟上很寬裕，更不會輕易公開自己的隱私。因此，我們在社會上看不到「富足大家族」的形象。

相對的，實境秀裡的大家族，不但經濟狀況看起來很艱困，都已經超過十個小孩了，還是生個不停。節目裡，那些亂七八糟的樣子雖然都配上了正

24 大彈塗魚先生，本名畑正憲（一九三五年～），日本小說家、自然主義者、動物研究家、職業麻將選手。自幼熱愛動物，以作家身份出道時，文章內容也與動物有關，甚至在一九七一年移居北海道的無人島，創立「大彈塗魚動物王國」。

面積極的旁白，最後還硬是用「家人還是最重要的！」之類的說法來總結，但實際上，他們的生活裡經常發生嚴重的問題，明顯不符合節目旁白的敘述。今後將要生兒育女的年輕世代看到這樣的節目，當然很難覺得有很多孩子真好。

大家族實境秀中一定會出現的畫面包括：家中因來不及做家事而亂成一團、破破爛爛的和室紙門、在堆積如山的衣服裡挖出自己的襪子來穿等等。雖然有人說，以前大家都這樣啊！但這種節目詳實反映了生活困苦的真實面貌。看到這種畫面，就知道覺得孩子很多好像也不錯，只是一瞬間的錯覺而已，馬上就會回過神來，發現自己根本無法接受。而且會轉而對自己的現狀感到滿足，覺得自己的經濟好像還算寬裕，自己的家好像還算整齊。

換言之，沒想到大家族實境秀反而為促進生育帶來了反效果。經由大家族實境秀，「多子大家族＝生活貧困」、「多子大家族＝辛苦」的印象流傳於世。生很多小孩的人，多半是不介意生活困頓或辛勞的人，是不管生了多少小孩都不滿足的人，這樣的形象已經深植人心。

也就是說，現今毫不猶豫就生很多小孩的人，他們的形象已經兩極化了，要不就是名人，要不就是有點怪的人；要不就是把生小孩當作財力證明的有錢人，要不就是因為某些一般人不理解的原因，而不斷生小孩的人。無論何者，對多數人來說，「很多小孩」都是和自己無關的平行世界。

要讓年輕人覺得生很多小孩真不錯、也想試試看，就要讓他們看到一家大概有三個小孩、不特別有錢也不特別貧窮、開朗過日子的真實面貌。最近好像有愈來愈多連續劇裡的家庭形象，角色設定上都是有好幾個兄弟姊妹，或許也默默發揮著這方面的作用。總之，大家族的形象，或許必須暫時從「極端的大家族」回到「普通的大家族」才行。

宗教與生育

前一節裡，討論了關於多子大家族的問題，但其實以多子大家族為主角的節目受到歡迎，似乎不只是在日本而已。町山智浩先生在《週刊文春》連載的散文專欄「言靈USA」中，曾經寫到美國也有一個以達葛爾（Duggar）一家為主角的大家族實境秀[25]非常紅。

達葛爾夫妻共有十九個小孩，真不愧是美國，連小孩的人數也輕鬆超越日本的大家族。而且這數字並不是加上了彼此結婚前生的小孩，而是兩人在結婚後的二十年，媽媽經常處於懷孕狀態。

至於他們為什麼要生這麼多孩子，據說是「為了信仰」。有百分之二十五以上的美國人，是自稱「福音派」的保守基督徒，嚴守著按字面解釋《聖經》的基要主義（Fundamentalism）。這些人當然反對人工流產，據說在八〇年代中期，更出現了一派尊崇「孩子是上帝的恩賜，應該儘量多生小孩」的人，達葛爾夫妻就是隸屬於這一派系。

他們的想法源自於《舊約聖經》詩篇一二七篇。內容是：

兒女是耶和華所賜的產業。
所懷的胎是祂所給的賞賜。
少年時所生的兒女好像勇士手中的箭。
箭袋充滿的人便為有福。
他們在城門口和仇敵說話的時候，
必不至於羞愧。

25 美國TLC頻道的實境節目「十九個小孩還不夠」（19 Kids and Counting），以達葛爾（Jim Bob Duggar）夫妻一家為主角，他們自一九八四年結婚之後，陸續生了十男九女。二〇一一年底，當時四十五歲的太太蜜雪兒宣布懷上第二十個孩子，但後來流產，小孩人數就維持在十九人。

這首詩認為小孩和土地、財產一樣，都是從神繼承而來的產業。小孩等於箭，所以袋裡有很多箭的人，就可以安心了。箭袋（quiver）裡很滿（full），所以在美國，有時會用「quiverfull」來指稱像達葛爾夫妻一樣的多子主義者。

話雖如此，多子主義並不是為了戰爭而鼓勵增產。基督教裡說到「戰爭」，多數時候是指與惡魔的戰鬥，所以他們的目的是要強化「神的國度」。

仔細想想，其實在《舊約聖經》一開頭，就已經有關於家庭主義的語句了。最初，只有亞當一人在有名的伊甸園裡，於是神說：「那人獨居不好，我要為他造一個配偶幫助他。」然後迅速地從亞當的肋骨，創造出夏娃。《聖經》並且宣告，「因此，人要離開父母，與妻子連合，二人成為一體。」雖然沒有說明原因，但總之神說「獨居不好」，所以男女才必須成雙成對。

因為《聖經》裡有這樣的文字，所以虔誠的基督教徒一定是拚命地想要結成連理，努力為這世界增加「繼承自神的產業」吧！在上述町山智浩的同一篇散文中也寫到，「在美國保守派政黨共和黨的總統候選人辯論會中，不管哪一位候選人都把政策拋在一邊，只顧著炫耀自己才是生最多的人。」

在日本也一樣，雖與宗教無關，但在保守派政黨自民黨裡，居家、愛家的形象還是非常重要。拚命想生孩子的野田聖子，以前似乎曾經說過：「正因為是保守政黨的政治家，所以才更想要小孩。」

不僅是基督教，只要是虔誠信仰宗教的人，基本上都會想把這個宗教的教誨廣傳於世。如果說，最基本的傳教活動就是讓自己的孩子與自己有同樣的信仰，那信徒生很多孩子，或許是理所當然的。

也有人會反問，天主教的神父和修女不是單身嗎？但他們把自己獻給了神，是為了有更多世人繼承神的「產業」，而獻出了自己。

佛教僧侶也是禁止娶妻（**當然也不能生子**）。日本的和尚大多有結婚生子，並讓小孩繼承寺廟，這是在日本認為無妨，獨自決定解除娶妻禁令之後的事。

但在信仰小乘佛教的國家裡，僧侶還是嚴守禁止娶妻的戒律。我造訪寮國時，在街上看到很多穿著橘色袈裟、正在修行中的僧侶，導遊還特別提醒我們：「和尚不能碰觸女性，請大家注意！」

釋迦牟尼佛本身，也是為了修行而拋棄妻子出家了，所以僧侶的生活基本上就是出家。而且出家之後進入僧團，就必須遵守「戒律」，其中最重要的四戒為「不殺生」、「不妄語」、「不偷盜」、「不邪淫」。原來性是悟道之路上如此嚴重的阻礙。

話說回來，《舊約聖經》的「摩西十誡」裡也有「不可姦淫」。這與佛教的戒律不同，並非意指「不能有性行為」。根據《廣辭苑》的解釋，所謂的姦淫是指「男女間不正當的性行為。婚外情。」在摩西的時代，婚前性行為應該屬於「姦淫」的範圍，但夫妻間的性行為不是姦淫，所以生小孩是沒問題的。

《舊約聖經》裡還出現了名為俄南（Onan）的人。他被迫代替死去的兄長，與嫂嫂結婚。父母要求他為哥哥留下子孫，他知道生下的孩子不是自己的，所以每次性行為時都在體外排精。此舉使上帝大為不悅，便將俄南殺了。

據說，這就是日語「onanie（手淫）[26]」的詞源，但俄南並不是為了避孕而手淫，只是沒有「中出（體內射精）」（用這麼不雅的說法真是對不起）而已。

因為這樣的典故，所以據說在基督教基要派信徒中，有人嚴守「禁止手淫」、「禁止生子之外目的的性行為」的原則。若真是如此，則難免讓人覺得，基督教果然是對於子孫繁衍非常熱心的宗教。無論是土地、財富或小孩，總之他們非常執著於「繼承」一事。在讀《聖經》時也強烈感受到，反正都要繼承，當然愈多愈好的思想。

相對於此，佛教修行的最終目的是從輪迴中解脫，比起繼承、繁衍，佛教更熱衷於深入自己的內在。

在傳教這個行為上，從方濟各．沙勿略（Francisco de Yasu y Xavier）到

26 日語中的「onanie」，是來自於德文Onanie的外來語。

騎著自行車到處奔走的摩門教青年，基督信仰的人總是熱情到讓人想說「不必做到這種地步吧！」而佛教人士的傳教欲則不太引人注目，這樣的差異，或許是源自宗教的特性。

日本信奉的是大乘佛教，強調用相對簡單的手法，讓很多人獲得救贖，不同於出家主義的小乘佛教，也不受「嚴禁性行為」的戒律束縛。加上對「繼承」十分熱心的儒教也傳入日本，所以國家人口相應增加，繁榮至今。

但如今小孩減少、人口也減少的現象背後，我覺得多少還是和宗教有一點關係。

現今日本，真正信仰特定宗教的人是少數派。葬禮多數採佛教儀式，不代表真的信仰佛教，只是請和尚主持喪禮而已。同樣地，在教會舉辦婚禮的，也並非全都是基督徒。

我們家是典型的日本家庭，所以家族墓地位於寺院內，但同時又是附近神社的氏子[27]，唸的是教會學校，卻又不是任何一個宗教的信徒，當然也不覺得「我要繁榮神的國度」。生長在這樣的國家裡，看到虔誠信仰宗教的人，自然會覺得很稀奇，而且像日本這樣很多人「什麼都不信」的國家，在全世界來說也算是罕見吧！

信仰宗教，就是信仰未來。人因為對死亡與無常的恐懼而仰賴宗教，信仰就是類似於相信永恆的行為。

換言之，沒有宗教信仰就意味著不相信未來，自然也不會想為不確定的未來，留下後代。

一個朋友曾經告訴我：「我參加朋友的婚禮，聽到神父對新人說：『祝你們早生貴子』，我嚇了一大跳。如今，生不生小孩是非常私人的問題，這樣的觀念已經很普及了，在喜宴上致辭時，已經沒人會這麼說了吧！但信教的人就是能若無其事的說這種話耶！」

的確，現在在婚禮中，已經不太有人說「早生貴子」之類的話了。就算

27 「氏子」意指隸屬各神社周邊祭祀圈的居民。日本人特別是在出生、出嫁後和過年時，都有參拜神社的習俗，所以幾乎每個人都被視作某一神社的氏子。

年紀較大的長輩，因為顧慮現在與懷孕、生產相關的問題都很敏感，也已經不再說「加油！早點讓你父母抱孫子」了。

然而，神父深信培育後代在宗教上是正道，所以可以大方對新人說「早生貴子」。如今在日本，或許也只剩下宗教人士，能光明正大如此祝福不是自己家人的新婚男女了。

話雖如此，在儒教思想比日本深厚、基督教信徒也多的韓國，出生率依舊低迷；天主教國家的義大利和西班牙，出生率也很低。有信仰不代表就會生小孩，傳統宗教力量強大的國家，通常也是傳統家庭制度根深蒂固的國家，種種來自傳統的束縛和壓迫，都會讓出生率變低。

光靠信仰無法增加小孩。不過也有些人像美國的達葛爾一家一樣，以信仰為根基，有意識地不斷增加小孩。那麼像日本一樣，大多數人不相信宗教也不相信未來的國家，今後小孩也很難變多吧！

就算是沒有信仰的人，一旦有了小孩，似乎就會開始相信未來。好像也會自然而然想要讓未來變得更好，希望自己的孩子長大時，是身處在和平的國度。

但像我這樣沒有小孩的人，就看得很開，多半覺得國家亡了就亡了呀！「為了後代子孫」這種無聊的堅持，正在日本社會中逐漸消逝，從各種意義上來說，今後面臨的或許會是一個危險的時代。

「不奉子成婚」的豐功偉績

大和撫子[28]的招牌、日本女子足球界的傳奇人物澤穗希結婚了。我看到這則新聞時，想起的是一九六四年東京奧運時，把黃金時期都獻給排球的東洋魔女[29]。據說她們在成功取得金牌後，魔鬼教練大松和當時的首相池田，還替她們找了結婚對象。大概是覺得她們為國家而戰，這點小事國家當然也得幫忙。

但現今這個時代，結婚是自己的責任。無論大和撫子們多麼有貢獻，國家和教練都不會在結婚一事上幫忙了。在日本，大家本來就對看起來很厲害的女性敬而遠之，何況像澤選手一樣，具備出色統御力與高知名度的人，要找到結婚對象更是難上加難，一想到這一點，對澤選手就更感到尊敬。

先撇開這不談，我看到某一則「澤選手結婚」的報導中，有一句話令我很介意。這篇報導的最後竟然寫到，「又，澤選手目前沒有懷孕」。像澤選手這種偉人結婚，還去調查她是不是先上車後補票，這心態未免也太下流了吧！我不禁義憤填膺、眉頭深鎖。

不光是澤選手，不知到底從什麼時候開始，只要女性名人結婚，媒體都一定會報導她有沒有懷孕，我想是因為奉子成婚已經成為主流的緣故。

就和澤選手同一時期，某位男諧星也和圈外女友結婚了，但媒體卻沒有報導這位圈外女性是否有孕在身。是因為她不是名人，所以不必報導她是不是奉子成婚？還是因為女性名人結婚時有沒有懷孕是大問題，但男性名人結婚時，有沒有讓對方懷孕則不重要？

我想，正確答案恐怕是後者。就是因為社會上隱約瀰漫著一股「懷孕是女人的事」的氣氛，所以女性名人宣布結婚時，都會被質問「懷孕了嗎？」

28 「大和撫子」是日本國家女子足球隊的暱稱。原意是指性格文靜、溫柔穩重且具有高尚美德的女性，少數時候被用來廣義代指日本女性。

29 東洋魔女是日本國家女子排球隊在一九六〇年代雄霸女子排球比賽時的外號。

這也不光是媒體的錯。如果媒體代表的是世間的好奇心，那我們對於奉子成婚女性想要傳達的言外之意不外乎是，「啊！結婚前就『做了』對吧！還是在沒有避孕的狀態下『做了』呢⋯」

現在已經沒有人在婚前「不做」的，社會氣氛也不再指責先有後婚，既然如此，就沒有必要在結婚時問是不是懷孕了。所以這份好奇心，顯然就是多管閒事、探人隱私，而且隱含著一種心情：「男生『想做』是天性，但是否接受就是女生的責任，就算要接受，只要稍微注意一下也能避免懷孕啊⋯」

現在，若還是用嚴苛的眼光對待先有後婚的話，應該都沒人結婚了吧！對於先上車後補票，社會上已可以寬容看待，認為只是剛好在結婚前懷了孩子。而且因為「先上車後補票」這說法給人的感覺不好，所以還出現了「可喜可賀婚」、「天賜貴子婚」等說法。

所以，女性名人結婚時，真的需要報導她們是否懷孕了嗎？我怒氣沖沖地和朋友談到這件事。沒想到朋友說：「那一句『目前沒有懷孕』，不是包含了稱讚的意思在內嗎？」我問為什麼，朋友說，在這個結婚困難的時代，沒懷孕還能進展到結婚這一步，對女性而言可是比登天還難的事。「不奉子成婚」的女性，在完全不運用懷孕這個武器的前提下，只靠身為女人的實力就讓對方下定決心結婚，簡直可以當作神來崇拜了。像澤選手一樣的女性還能「不奉子成婚」，更是非比尋常的偉大功績⋯⋯。

我這才恍然大悟，點頭如搗蒜。原來今時今日不奉子成婚的男女，都是值得大力稱讚的，因為女方「明明沒有懷孕，還能讓男方下定決心結婚」，男方則是「明明沒有讓對方懷孕，仍然下定決心結婚」。

真要按照這個邏輯，世間對奉子成婚的男女，也是很讚揚的。因為「就算懷孕了，也可以墮胎，但他們留下孩子，還結婚了，真是了不起！很有責任感！」所以無論是「〇〇小姐懷孕三個月，預產期為明年〇月」，還是「〇〇小姐沒有懷孕」的報導，都是在讚揚結婚的人。在結婚比登天還要難的年代，有沒有懷孕的問題，或許不全然來自探人隱私的好奇心。

話雖如此，非得搞清楚是不是先上車後補票這個心態的背後，隱含的並不只有稱讚而已。「先結婚再生小孩」這個根深蒂固的觀念，還是確實存在的。正因為「在沒有懷孕的狀態下結婚」→「婚後性行為懷孕」，這樣的正確路線依舊存在，所以大家才沒辦法不去檢驗新人是不是脫離了正軌。

而且，「先結婚再生小孩」的觀念，正是日本少子化的一大原因。因為很多人想結婚卻沒法結，更別指望能懷孕生產了。就算單身時懷孕，但遇到對方拒絕結婚，真的有勇氣不顧一切生下孩子的人，畢竟還是少數。

單親媽媽如今一點也不稀奇，但絕大多數是因為和丈夫離婚，或是丈夫過世，所以一個人養大小孩。從生產時就一個人，也就是所謂的未婚媽媽，仍是極少數。

過去，日本知名女演員加賀真理子未婚生子（小孩出生不久就死亡），曾經轟動一時，此後我就再也沒有聽過一線女演員或偶像，以未婚媽媽的姿態光明正大生產的案例了。每天在部落格裡開心分享育兒經的藝人，要不就是結婚了，要不就是離婚了。

在我身邊的一般女性，未婚生子的頂多一、兩個，是極為罕見的案例。

若非意志堅強、經濟獨立、不在乎周遭的閒言閒語，也不輕易透露父親名字……一般是無法當未婚媽媽的。

同居伴侶生下孩子的狀況，或許更少。在法國，同居男女生下孩子的比例佔了半數以上，所以現在事實婚（更早以前稱為「內緣」）在日本也稱為「法國婚」。在我認識的人當中，法國婚狀態的人很多，但生孩子的人卻是零。因為法律制度不完善的緣故，日本社會普遍還是認為，未婚懷孕生下的小孩很可憐。

日本的出生人數，自第二次嬰兒潮之後就不斷下降，人工流產的件數也減少。一九八九年，一年的人工流產件數超過四十六萬件，現在則在二十萬件以下，減少率甚至比出生數還高，可說是銳減。

雖然這現象可以解讀成是避孕知識普及，但我認為性行為總次數減少也是原因之一。因衝動性行為導致未預期懷孕的人減少了，人們似乎變得只有為了懷孕才乖乖做愛。

不過，人工流產的件數還是相當龐大。在為少子化所苦的日本，這不免讓人覺得好可惜，其實有些也許能生下來啊！只要社會不認為非得已婚者才能懷孕生子，或許就有更多小生命能來到這世界。

由此可知，在現代日本懷孕、生產真的是難上加難。一心成為全職家庭主婦的夢想，如今儼然是個危險的賭注，所以女性自己找工作，努力工作。但一旦這個態度不小心超越了男性，就會變得不容易結婚。就算有「既然如此，那至少生個孩子」的覺悟，想找個對象懷孕，對方也可能害怕女方要求他負責而退卻，所以根本難以找到精子提供者。想要買精子來懷孕，目前法律上又不允許。一路奮鬥的結果，就算能結婚，也已經步入不容易懷孕的年齡，最終只好接受沒有小孩的人生⋯⋯。

現今社會，女性只要努力，基本上什麼都能到手。但「想要小孩」這件事和唸書、運動或工作不一樣，不是努力就能輕易看見成果。生產前會遇到「結婚」的關卡阻擋在前，想要過關還得取得男性的同意。為了結婚必須付出無比的努力，而且這種努力又和熬夜唸書、揮棒千次等，只要自己吃得了苦總會有成果的那些方法，全然不同。多的是在結婚關卡前就已經精疲力竭，而放棄了小孩的人。

雖然想結婚的人結就好，但若不讓這個社會接受不想結婚的人也能生小孩，就不可能有很多人能有小孩。換言之，當媒體還在一一確認女性名人結婚時懷孕了沒，日本少子化問題就絕不會有解決的一天。

文學與出生率

「無論身份高貴或卑微，總以無子嗣為妙！」

這是《徒然草[30]》第六段的開頭，意指無論是身份尊貴的人，或是庸庸碌碌的芸芸眾生，都不想要有孩子。我想很多人讀到這一段，都大吃一驚吧！不僅在大家感嘆少子化的現代，回顧過去的日本，一般也都覺得有小孩是件很棒的事，為什麼這裡會寫「總以無子嗣為妙」呢？

父母愛子心切的情感，自《萬葉集[31]》時代就是吟唱、歌頌的主題之一，最具代表性的就是山上憶良的詩。

「食瓜思子女，食栗更動心。兒等緣何來，合眼面影親。頻現不離去，輾轉難安寢。」以及「金銀貴，玉價高。無如我兒女，最是寶中寶。」憶良描寫的是，吃瓜時想孩子，吃栗子時更想了，這麼可愛的孩子，怎麼會誕生在自己家裡呢？一想到這就夜不成眠。以及，無論是金或銀，都不及孩子寶貴。看得出來，憶良是個相當疼愛孩子的人。

《萬葉集》中以男女情詩居多，憶良居家爸爸的形象在其中特別引人注目。或許無論哪一個時代都有好爸爸，但日本對於「孩子是珍寶」的認知，是從那個時代才開始的。

在那樣的時空背景下，寫出「才不想要小孩呢～」的兼好法師，可謂是特立獨行。本節開頭引用的文章，後續提到了許多歷史上的達官貴人，都希望自己的整個家族滅亡，甚至還搬出了聖德太子[32]的名字，大力強調此事。

兼好法師似乎對子孫甚感嫌惡。在《徒然草》第七十二段中列舉出的沒

---

30 《徒然草》，吉田兼好法師著，日本中世文學散文體的代表作之一，於一三三〇年至一三三二年之間寫成，主題環繞無常、死亡、自然美等等。引文翻譯出處：http://kuaizhui.baidu.com/ebook/39aa16804a1b0717fd5ddd8?type=cat

31 《萬葉集》是現存最早的日語詩歌總集，收錄四世紀至八世紀共四千五百多首長歌、短歌。引文翻譯出處：http://www2.nkfust.edu.tw/~meichun/D/man/man3-1.htm

32 聖德太子（五七二～六二一）是日本飛鳥時代的皇族，天皇推古朝的改革推行者。

有品味之事，「家中子孫多」也是其一。他覺得孩子、孫子把家裡搞得亂糟糟是「沒有品味」。兼好法師是文雅的都市人，凡事切忌太過，就算連子孫「太多」都不行。

兼好法師到底是個法師，所以沒有成家。他也不是討厭女色，出家之前的風流韻事也是不少。《徒然草》第三段寫到，「長於萬事而不解風情之男子，猶玉卮無當，甚不足取也。」可見他熟知戀愛的滋味。

但兼好法師喜歡的是戀愛本身，在他眼裡，當戀人變成妻子、生下小孩，隨之萌生出想要守護家人、留下子孫的心情，似乎就俗氣了。在第一百九十段裡的一開頭就大膽地寫到，「男子不宜娶妻」。和平凡的女人結婚，或是女人操持家務、養兒育女，都讓人不堪。男人要說「我一向獨居」，才顯風雅。

說到為什麼兼好如此厭惡家庭與小孩，應該是因為當時對「死」的解讀與今日不同吧！子孫祭拜父母、祖父母以及祖先，是日本人很重視的傳統，每個家族也都有自己的墓地，死後會變成什麼樣子，也與是否有子孫息息相關，所以沒有小孩的人，才會對死後感到不安。

但在兼好的時代，狀況似乎不同。當時的人認為，為了死後能往生西方淨土，活著的時候必須潛心於佛道的修行，似乎不覺得子孫的供養有助於成佛。換言之，死後是否成佛是個人的責任，並不是有子孫死後就能安泰。

在第五十八段裡也很一針見血地指出，「人言：『心存道心，則處處皆可為家。雖在家修道，與俗人交，求來生之安樂，亦非難事。』言此語者，於來生實是懵懂不知。」還嚴厲的說：「人生到底，遁世修道為最佳出路。若一味沉溺世俗名利，而不虔心菩提，則無異於畜類！」

兼好法師本來對於世事就是冷眼旁觀，並擁有洗練的審美意識，不能忍受不正當的男女關係。但他不成家的原因並非只有這一個，他深覺「當死步步逼近時，怎能還執著於女人小孩呢！」才公開宣告不要有小孩。由於當時的人並不煩惱少子化或人口減少的問題，所以若是恐懼死亡，就能徹底擺脫俗世，專心於佛法的修行。對這樣的兼好來說，居家好爸爸不過是「意志軟弱的人」而已。

兼好法師光明正大的過著沒有妻兒的生活，甚至明言「有老婆的傢伙都是蠢蛋！」推崇無子生活才是「理想」。這種果斷乾脆的精神，如今看來甚至讓人有點羨慕。

回過頭來看看現在，我們之所以沒有小孩，並不是因為專心於佛法的修行。只是不知不覺、也沒什麼特別的原因，就沒有／沒能有小孩。

如今與兼好的時代不同，明明就是一個要有小孩才能成佛的時代，但對於死亡的恐懼，卻也沒有影響到生子的意願。我們執著世俗的貪欲，完全不為死亡做任何準備，從兼好的角度來看，無疑是最糟的生活。

約在三十五年前，就已經有人預言了這個時代的到來，那就是曾任長野縣知事的田中康夫。他的第一本小說《不為什麼，水晶》[33]（なんとなく、クリスタル，**河出書房新社**），於一九八一年出版，內容描寫女大學生由利在都會裡百無聊賴的生活。為精品品牌和店名等加上的大量註解也引人注目，成為當時的暢銷書。

「只是剛好聖羅蘭（YSL）的衣服我不覺得膩，**JAEGER**的針織衫可以穿很久而已……」這是女主角由利選購衣服時的理由。因為同居的男朋友不在家，所以由利打電話給前幾天跟她搭訕的大學生，並約了見面。由利覺得，跟男生見面之前先沖個澡比較好，所以就去沖澡了。但說到為什麼這麼做比較好，答案是「不為什麼」。

書中寫到，「到頭來，我好像就是隨著這『不為什麼的心情』活著。這種頹廢、缺乏自主性的生活模式，或許有人會說不成體統。但昭和四十三年出生的我，『心情』已經成為我行動的度量衡。」沒有什麼明確的主張或主義，不為什麼的就覺得這樣比較舒服，抱著這種心情生活的由利，在淋浴之後和男子見面，也沒有什麼特別的理由，不知不覺的就和男子發生了關係。

33《不為什麼，水晶》，是田中康夫就讀一橋大學法學系四年級時創作的第一本小說，銷售量超過一百萬冊，是他所有作品中最暢銷的一部。表面上描寫女大學生由利「無憂無慮，像水晶一般」的生活，附上四百四十二個大多有關高檔消費、名牌商品的註解，引發這是一本「商品目錄」的嚴厲批判。但三十三年後續篇問世，大家才發現此書不僅預言了泡沫經濟時期的名牌狂潮，更預言了之後到來的少子高齡化。

在這個小說的最後，突兀地附上了人口問題審議會的《有關出生力動向特別委員會報告》，內容記載了出生率的變化。

一九七五年——一．九一人

一九七九年——一．七七人

還寫上了：

①出生率的低迷，今後也將持續一陣子。但八〇年代也可能轉為上升。

②即使出生率上升，也無法恢復到足以維持人口現狀的程度，人口逐漸減少的趨勢難以避免。

甚至還記載了六十五歲以上的老年人口，這個數字與出生率不同，呈現逐漸上揚的趨勢。

現在回想起來，小說中由利們在現世的物質歡愉中，不為什麼的、隨波逐流的生活，與書後指出有關日本的嚴峻數字，無疑就是作者的預言。

「日本的少子化和高齡化，置之不理的話就會愈來愈嚴重」。我們對照答案的話就會發現，①提到八〇年代可能轉為上升的出生率，結果不但沒上升，還持續下降，高齡化也愈來愈嚴重。作者的預言，全都實現了。

二〇一四年，《三十三年後的不為什麼，水晶》（33年後のなんとなく、クリスタル，河出書房新社）一書出版，相信大家還記憶猶新。在這本小說裡，由利已經年過五十，而過去和由利有過「ペログリ」（作者自創的詞，意指性行為）的作家「YASUO」也登場。由於書中寫到這個YASUO曾經擔任某縣的知事，可知是符合事實的角色設定。

三十三年過去，由利和YASUO都經歷了很多事。學生時代曾經是模特兒的由利至今單身，熱愛工作也致力於公益事業。果然，沒有小孩的中年人，還是會抱著贖罪的心情投身公益活動啊！而YASUO則踏上了政治之路，憂心日本社會的兩人倒是氣味相投。

在《三十三年後》裡，也提及了少子化的問題。更直截了當地指出，若出生率能維持在二．〇七左右的話，人口總數就能保持原有水準。但「無論多麼火速地打造出利於生兒育女與回歸職場的社會環境，要恢復到二．〇七都只是夢一場。必須在對此現狀有共識的前提上，提出日本今後的目標才是。」與默默在書的最後附上出生率變化的三十三年前相比，可以理解到整個社會和YASUO都已經變了。而《三十三年後》的最後，更進一步附上有關少子高齡化的明確數據。

YASUO自己也沒有小孩，寵物紅貴賓狗被他當作小孩一般疼愛。他與許多女性有過ペログリ，但沒有小孩，換句話說，我覺得他也是「不為什麼的，就是沒有小孩」。小說主角由利也一樣，在豐裕物質、華麗體驗、奢華美食……的環繞下成長，最終還是沒有小孩。

八〇年代之後，像這樣「不為什麼」小孩就愈來愈少的時代，一直持續至今。豐衣足食小孩就變少，是全世界共通的現象，但日本又因為受到儒教殘存的影響，出生率降到不能再低了。如今，並非像兼好的時代一樣，因具備某種積極意義而沒有小孩，只是不知不覺的、不為什麼的就往舒服的方向去，結果最後沒有小孩，這樣的人是愈來愈多。

出生率的低迷煞不住車，已經呈現相當嚴重的局面，人們慢慢發現，無論結婚或生子，都不是「不為什麼」就能達成的事，必須努力才能實現，卻也還是找不到「那這麼做就行了」的處方簽。

小孩不為什麼就減少的原因，或許只有不為什麼就是沒有小孩的人才能解開……這是我讀新舊《不為水晶》（なんクリ）後的感想。在這層意義上來說，《不為水晶》或許是一部重要的小說。

憶良、兼好，還有YASUO。對我而言，在日本文學史上留下令人印象深刻、關於小孩的敘述，沒想到竟然都是男性作者。雖然現在口服避孕藥已經解禁，但過去無論懷孕不懷孕，取決於男方的成分較大，所以男性才能明確表達「要小孩」、「不要小孩」的意志。更不用說，男性並非懷孕的主體，所以才能對生子抱持客觀的看法。

因為剛好有男性作者提及這方面的現象，所以很引人注目，但無奈的是，無論是少子化問題或是育兒問題，論及有關小孩各方面話題的男性，至今仍是少數派。這無疑才是現今日本最大的問題，在這一層意義上，我認為《不為水晶》存在的意義真的很重大。

結語

關於「在這個時代，沒有小孩的生存之道」，我一路思考至今。

所謂物以類聚，我周遭有不少無子族。尤其在都會區，沒有小孩的中年根本不是什麼稀奇的事。

在無子族當中，不少人會出現育兒的代償行為，譬如養寵物或植物、培育徒弟或下屬、投身為不幸小孩奔走的公益活動等。也有人在不知不覺中，面臨父母需要長期照護的狀態，於是傾注全力照料父母的晚年。

另一方面，我回頭看看自己，卻完全沒有非做這些事不可的感覺。

我就是傳說中「連仙人掌都會養死」的人，養植物對我來說根本是天方夜譚。實際上，幾年前我家就真的有兩盆仙人掌，因為我的不作為而枉死，還遭到棄置。我雖然意識到「啊！仙人掌死了⋯⋯」但一想到「那垃圾分類該怎麼辦？土算哪一類？花盆呢？」就覺得一個頭兩個大，馬上停止思考，結果就一直擱在那裡了。如果這件事發生在人身上的話，應該就是屍體遺棄事件吧？

因為這樣，我當然也沒辦法養寵物。我非常愛貓貓狗狗，但最多會跟街上的流浪貓說說話，或是疼愛別人家的寵物。

我也沒有在工作上培育人才的經驗，我不隸屬於任何組織，所以也不會有徒弟，每天都是一個人默默地工作，完全沒有想要繼承或傳承些什麼的打算。

如前文所述，我曾經有過一些志工的經驗，但也沒有全心投入。現在大概就是提供金錢上的援助，而父母幾乎也在無需長期照護的狀況下就離世了⋯⋯。

這樣說來，我目前的狀況幾乎可說是「不為誰而活著」。一般都認為，人在長大成人獨立之後，就非得為誰活著不可，但不為誰也能好好活著的實例，就在這裡。

我想，這或許和我的個性有關，加上時代環境的影響。如果在中年又沒小孩還很罕見的時代，在面對社會眼光時，勢必得為沒有小孩一事找藉口。但如今，到處都是中年無子的人，盟友那麼多，導致愈來愈多人不再特別想辦法合理化自己的行為，只是淡淡地接受自己沒有小孩的狀態。

我最近更是深深地覺得，「沒有小孩真好！」有小孩的人或許覺得這句話聽起來很可憐，但隨著年齡增長，愈來愈能靜觀自己時，我也愈來愈清楚，至今為止我真的沒有期望過有小孩，而且，自己顯然就是不適合養小孩。

在快要四十歲的時候，我也曾經想過，沒小孩真的好嗎？但那是肉體敲醒了警鐘：「再過不久就不能懷孕囉～」所引發的焦躁。

當時體內湧出類似母性的情感，畢竟是暫時的現象，不久之後就戛然而止。看到朋友的小孩，就算覺得可愛，也不至於羨慕，而「這樣真的好嗎？」的疑問，也轉變為「這樣就好」的確信。

都說「上天不會給你過不了的考驗」，若這是真的，那我恐怕就是耐不住「有小孩」的辛苦，老天爺才沒有給我小孩。

……這並不是在開玩笑，因為在育兒這件事情上，很顯然就是有適合、不適合。連仙人掌都會養死的我，還是喜歡在室內擺放一些植物，所以曾經請店家送來盆栽。當時，我打算把家中跟我一起生活了好幾年的盆栽換新，於是雲淡風輕地對店家說：「那就麻煩您了！」彷彿換掉的是舊電器一般。打從心底熱愛植物的店員，憂心忡忡地問我：「不需要和它道別或是說聲謝謝嗎？」對方一定覺得，植物雖然不會說話，但也是生物，長年一起生活也會有感情吧！

但在我心裡，根本沒有「和植物道別」這樣的念頭。在這一件事上，我又再度體會了自己的狼心狗肺，也更確信自己不適合養育任何稱為生物的生物。

也有人認為，就是這種對其他生物缺乏同理心的人，更應該透過育兒培養人性。不過，試著回想這幾年轟動一時的女性犯罪者們，有小孩的比例可是非常高的。沒有小孩的反派，大概只有木嶋佳苗而已吧！

因此，光是靠生兒育女就要矯正一個人的性格，似乎也很困難。看看自己一個人生活都快喘不過氣來的現狀，若是再有了小孩，極有可能讓小孩也陷入悲慘絕境，所以我才覺得，「沒有小孩，真好！」

話雖如此，並非每個無子族都像我一樣不適合育兒。有很多人很適合養兒育女，也非常想要孩子，但偏偏運氣不好，因為種種因素就是沒辦法。

即使我們花了很多時間，繞了很多遠路，最後還是降落在「無子人生」的目的地。所以，不管原因為何，無子族們也只能一邊找尋能夠說服自己的說法，一邊往前走了。

本書出版之際，我很幸運有機會採訪到安倍首相的夫人昭惠女士，和她聊一聊「沒有小孩」這件事。昭惠女士是第一位沒有小孩的第一夫人，曾經遭到支持者指責，沒有資格做安倍家的媳婦。她接受過不孕症治療，但因為天生就討厭上醫院，所以治療沒有持續太久。

說到政治人物的另一半，我們往往有一種印象，覺得生孩子是她們的重大任務之一。昭惠女士很坦然的表示：「或許我再努力一點，就能有小孩。但我覺得『沒有小孩的人生』，是上天特別賦予我的，於是我不斷思考自己在這當中能做些什麼。」也就是說，每個人都有自己的方式，接受自己的狀態。

關於這一點，我覺得就算是有小孩的人也一樣。有小孩的人，也會面臨到許多有小孩的辛苦。小孩可能走上歪路，親子關係也有可能降到冰點。但無論遇到什麼狀況，有小孩的人不都是一路披荊斬棘，希望最終有一天能夠覺得，「有小孩的人生」真好嗎？

我想，身為無子族的我，在今後的人生中，「沒小孩真好」的心情與「早知道就該生小孩」的心情，應該會輪番地交替出現吧！再過個幾年，聽聞朋友有了第一個孫子的消息，心裡應該還是會羨慕；但如果聽到她們說女兒都把照顧孫子的工作推給她們，搞得她們精疲力竭的話，也一定會覺得要是我，一定沒辦法照顧孫子，沒小孩真好吧！

在更多年之後，如果看到朋友上傳中元節或過年兒孫承歡膝下的照片到臉書（**那時候人類還在看臉書嗎？**）還是會因為看見別人生活充實而感到沮喪；但若聽到有小孩的朋友說，除了中元節或過年之外，小孩都不太出現，不禁感嘆「正因為兒孫滿堂，所以平常就更顯孤獨」，或許我又會找回自信，「是啊～我們沒小孩的人，一開始就沒想過要兒孫噓寒問暖，也習慣孤獨了～」

試想，就在這兩種心情反覆交替中，進入人生最終階段的我，究竟會感嘆自己沒有孩子，還是會坦然接受呢？我想我最終應該還是會接受的。就算在堆滿垃圾的屋子裡，老得腰腿癱軟要用爬的，在別人眼裡看來孤獨、可憐，我一定還是會覺得，這就是我的快活。我老早就不相信「和大家一起吃飯更美味」這種話了，到了這把年紀，一個人吃著自己想吃的東西，即使一個人怡然自得的吃完一整條鮭魚卵，也不會有人在一旁囉唆：「奶奶，那個對身體不好啦！」那種喜悅已經是極點了。

不過，像我一樣的無子族，在將來逐漸老去的過程中，所面臨的狀況時時刻刻都在改變。同樣是無子族，也會因為資訊收集能力、溝通能力、經濟能力等不同，而出現差距，造成有些人在死時覺得「沒小孩真好」，有些人則後悔「如果有小孩就好了」。說不定我也會成為後悔一族，絮絮叨叨繼續寫著《無子人生．老年篇》。

在這個時代大量出現的無子族，在高齡時極可能會發生加拉巴哥化（Galapagosization）[34]。日本的出生率在二〇〇五年以一．二六的數字觸底，現在雖有微幅增加的趨勢，但在全球仍屬最低水準的事實卻沒有改變。如前文所述，政府將「希望出生率」設定為一．八，也可見政府是真心想要解少子化的問題。

希望出生率的計算公式非常複雜，但總之是以「希望有小孩的人想生幾個都能生」為原則所得出的數字。這個目標其實頗為保守，因為出生率若沒有二．一，就難以維持人口現狀，但至少政府明確設定了數字目標。

這是首相為了實現「一億總活躍社會」理想的必要條件，但卻讓我產生「原來對女性而言，『活躍』就是『生產』啊！」的想法。看見保守派的女

34 日本的商業用語，以進化論的加拉巴哥群島生態系作為警語，意指在孤立的環境（日本市場）下，獨自進行「最適化」，最終對外喪失競爭力，最具代表性的例子就是日本的手機產業。

性政治家們，儘管工作繁重仍拚命想要生小孩的樣子，正顯露出為政者的真心話，「對女性而言最重要的『活躍』，還是生孩子啊！」

在這樣的狀況下，就算今後日本出生率不會急速上升，至少也該逐步增加吧！因此，等到我們這個世代七十五歲左右時，報紙上大概會出現「何去何從？昭和出生的無子高齡者？」「無子高齡者是社會的隱性負債」之類的標題（不，屆時報紙或許都不存在了…）還會有報導寫到，「受男女雇用機會均等法[35]、女大生熱潮[36]、泡沫經濟景氣操弄而迷失自己，到老都膝下無子的高齡者，該由誰負擔他們的照護責任，成為現在最大的問題。」

在讀者投書欄裡，也會有人說：「高齡無子族成為社會重擔，沒有小孩是個人責任。要沒有血緣關係的年輕世代來替他們擦屁股，未免太不合理！」而我們也會前後矛盾的忍不住憤慨反駁：「不是也有人因為看到我們的樣子，而努力不要像我們一樣嗎？我們可是社會的犧牲者！」

雖然我半開玩笑地寫了這些有的沒的，但說實話，我真的無法想像自己變老時會是什麼情況。如果機器人女兒或孫子會幫我搥背、協助我上廁所的話，那或許真人子孫就無用武之地了。由機器人照顧，既不怕醜態被看見，還能二十四小時保持和顏悅色、服務親切，或許很適合同居。身為無子族，我對今後照護機器人的開發，可是抱有很高的期待。

話說回來，前幾天我和姪女聊天時，她問我：「我好想要表妹喲～要怎麼樣才能有一個？」如果是其他東西，我還能在聖誕節時買給她，但「妳的表妹只能靠我生，但我真的沒辦法，對不起！」我只能即刻發出「沒辦法生表妹宣言」。

姪女是獨生女，只有媽媽那邊有一個表哥。想到我自己有九個堂表兄弟姊妹，就覺得沒能幫她添一個表妹，真的是很抱歉。我只好一邊轉移話題，一邊不斷在心中向姪女道歉，同時轉換心情，希望她能接受這宿命⋯⋯。

---

35 男女僱用機會均等法，是日本於一九八五年針對男女在招募、任用、薪資、晉升等職場各方面上追求平等待遇所制定的法律。

36 女性就讀大學在一九八〇年代成為大眾化趨勢，某電視節目起用素人女大學生作為節目班底，引發話題也帶動了收視率，女大學生成為媒體寵兒，被稱為女大生熱潮。

按現在的狀況來看，我們家的「家族樹」已經變得又瘦又細了。有些朋友父母健在、有三個小孩，這樣一家人的過年和我們一家相比，實在很難不體會到「樹」的繁茂狀態差異之大。

但有一件事是確定的，那就是「沒有小孩」，伴隨著一種神清氣爽。這個「神清氣爽」雖然很容易就變成「冷清寂寥」，但我們有的是從對自己孩子的幸福、家族的存續、守護家產等貪戀中解脫的豁達。

我們從沒想過死後要子孫來祭拜，也沒想過要有氣派的墓地，更不奢望有人一直記得自己。「死了就一了百了，沒有任何後續」，能有這種單純的心情，就是無子族的特權。

把這種心情解讀為「特權」，對重視傳統家庭觀的人來說，才是最大的問題。人生命的意義，在創造繼起之生命，或許日本人正是因為相信老後有子孫可以依靠，死後子孫也會用心祭拜，才能接受衰老與死亡。

然而，包括我在內，有很多人並不討厭沒有家族或血緣相連、孑然一身的瀟灑。有愈來愈多人選擇與血親保持距離，遊蕩在朋友、網路或是自己找到的關係、緣分當中。這或許是因為過去血緣帶來的負擔太過沉重，讓這些人寧願捨棄由血緣建立起來的安全網，逃離血緣帶來的麻煩。

或許我們家這棵愈來愈稀疏的家族樹，在不久的將來就會枯萎、消失，但我也只能把它想成是天命。畢竟這世上沒有所謂的「永遠」，凡事都會有落幕的一天。

有人說，所謂的「人生」，就是背著沉重的行李登山。如果連家人的行李都得一起背，肩上的負擔當然會愈來愈重。但無子族的行李，就是自己能背得動的份量而已。

就算行李愈來愈重，我們也無法期待有人幫忙，或是越過這個山頭後有人在等著我們，唯有靠自己的雙腿走向終點。

有小孩的人當中，有些人會有其他人幫忙拿行李，或是開車來接。那一瞬間一定會覺得，「我這一路背了這麼重的行李，也值得了」。而我們只能投以羨慕的眼光，至死都背著自己的小包包，蹣跚向前。

最後，本書在出版之際，廣獲各界人士鼎力相助。不只是無子族，連有子族的各位，也都毫不保留地與我分享沒小孩或有小孩的種種心情。此外，還要謝謝寄藤文平先生、鈴木千佳子小姐，讓我的書有了這麼美的裝幀。謝謝KADOKAWA的藤田有希子女士、辻村碧女士，時常以無子族盟友的身份鼓勵我。更由衷感謝各位一直讀到最後。

二〇一六年 春

酒井順子

國家圖書館出版品預行編目(CIP)資料

無子人生 / 酒井順子著 ; 陳光棻譯. -- 第一版. -- 臺北市 : 遠見天下文化, 2017.01
面 ; 公分. -- (50+好好 ; 001)
譯自 : 子の無い人生
ISBN 978-986-479-147-7(平裝)

861.67 105025110

BFP001

無子人生

作者 — 酒井順子
譯者 — 陳光棻

事業群發行人／CEO／總編輯 — 王力行
副總編輯 — 周思芸
生活館副總監 — 丁希如
責任編輯 — 丁希如
封面設計 — 江儀玲

出版者 — 遠見天下文化出版股份有限公司
創辦人 — 高希均・王力行
遠見・天下文化・事業群 董事長 — 高希均
事業群發行人／CEO — 王力行
出版事業部副社長、總經理 — 林天來
版權部協理 — 張紫蘭
法律顧問 — 理律法律事務所陳長文律師
著作權顧問 — 魏啟翔律師
地 址 — 台北市 104 松江路 93 巷 1 號 2 樓
讀者服務專線 — (02)2662-0012 傳 真 — (02)2662-0007；2662-0009
電子信箱 — cwpc@cwgv.com.tw
直接郵撥帳號 — 1326703-6 號 遠見天下文化出版股份有限公司

製版廠 — 立全電腦印前排版有限公司
印刷廠 — 柏皓彩色印刷有限公司
裝訂廠 — 政春裝訂實業有限公司
登記證 — 局版台業字第 2517 號
總經銷 — 大和書報圖書股份有限公司 電話／（02）89902588
出版日期 — 2017 年 1 月 20 日第一版第 1 次印行

子の無い人生（KO NO NAI JINSEI）

定價 — NT$ 280 元
ISBN — 978-986-479-147-7
書號 — BFP001
天下文化書坊 — bookzone.cwgv.com.tw